讚！

日文進階 20堂課

1

甘英熙・三浦昌代・佐伯勝弘・
佐久間司朗・青木浩之◎著
闕亭薇◎譯

いいね！

豐富的例句，
多樣的練習題
幫你循序漸進
自然開口說日文！

MP3

國家圖書館出版品預行編目（CIP）資料

讚！日文進階 20 堂課 1/ 甘英熙等著；關亭薇譯. --
初版 . -- [臺北市]：寂天文化，2019. 04-
　冊；　公分

ISBN 978-986-318-795-0（第 1 冊：平裝附光碟片）

1. 日語 2. 讀本

803.18　　　　　　　　　　　　　108005210

讚！日文進階 20 堂課 1

作　　　者	甘英熙／三浦昌代／佐伯勝弘／佐久間司朗／青木浩之
審　　　訂	田中結香
譯　　　者	關亭薇
編　　　輯	黃月良
校　　　對	洪玉樹
排　　　版	謝青秀
製程管理	洪巧玲
出 版 者	寂天文化事業股份有限公司
電　　　話	+886-(0)2-2365-9739
傳　　　真	+886-(0)2-2365-9835
網　　　址	www.icosmos.com.tw
讀者服務	onlineservice@icosmos.com.tw

出版日期　2019 年 4 月 初版一刷
郵撥帳號　1998-6200　寂天文化事業股份有限公司
‧ 劃撥金額 600 元（含）以上者，郵資免費。
‧ 訂購金額 600 元以下者，請外加郵資 65 元。
〔若有破損，請寄回更換，謝謝。〕

序言

　　日語中有漢字，所以華文圈的學習者佔有相當的優勢，發音上也並不會讓台灣的學習者感到困難。基於此，本教材盡最大努力把「華文圈的學習者學習日語的優勢」發揮至極致，以循序漸進學習為宗旨，設計詳細的學習步驟。

　　初階的第一冊《讚！日文初學20堂課1》先從學習五十音假名開始，完整介紹完假名之後，開始進入名詞、形容詞等句型會話內容。

　　第二冊《讚！日文初學20堂課2》開始引導學生學習動詞句，從表示存在的「あります／います」開始展開序幕，逐步介紹動詞的「ます形」、「辭書形」、「て形」、「ない形」等。一步步慢慢打好學習基礎。

　　進階的**《讚！日文進階20堂課1》**，也就是本系列的第三冊，深入進階更多元的內容，一一介紹實用句型文法，像是「**可能形**」、「**受授動詞**」、「**被動形**」、「**使役形**」等。後續也將繼續推出第四冊《讚！日文進階20堂課2》

　　第三冊延續前二冊的「輕鬆快樂的學習」的編寫宗旨，採取重點學習，以確實學會基本用法為首要考量，先學會基礎的表達方式，避免編入過於雜亂的內容讓學習者感到混亂。雖然同時學習相近的用法確實是一個好方法，但是也可能因此讓學習者感到混亂，進而干擾學習的進度。

　　對於這樣的學習方針，可能會出現「難以符合進階學習者期待」的不滿聲浪。但是，我們編者群認為重點不在於網羅所有的文法規則，而是先將相對容易理解與便於活用的內容納入書本當中，才能使學習者安心，引導他們快樂學習並獲得成就感。

　　我們不希望學習者在學習過程中遭遇困難的高牆而半途而廢，如果中途放棄的話就太可惜了。編者群真心期盼學習者們能因為本教材而產生「日語真的既簡單又有趣」的想法。

　　學習外語就像一段漫長的旅行，我們通常難以一次備齊所有的旅行用品。同樣的道理，即便是極為優秀的教材也難以面面俱到。本教材為首次展開日語學習之旅的各位提供了滿滿的必學重點，同時在細心投入與編排之下，有效避免學習者遭遇失敗。只要與本書一同踏上日語學習之旅，保證絕對不會讓你停滯不前、不再走回頭路。

編者群　致

目錄

本書的架構與特色

第三冊依然是動詞句的重點學習，承接第二冊的入門課程——動詞等等的基本應用，在本冊中，將更深入動詞句的重點學習。課程架構如下：

1. 單元介紹

本課的標題，並簡單介紹本課的重點學習內容。

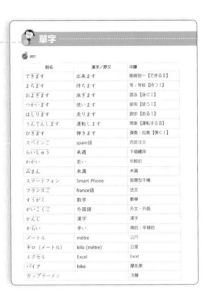

2. 單字表

列出課文新出現單字。

3. 會話

集合本課學習精華的會話本文。請先挑戰閱讀，並試著掌握文意。學習完所有文法規則後，再重新挑戰一次，自我檢視進步程度。

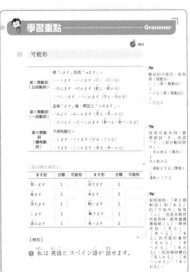

4. 學習重點

將本課必學的文法分類後逐一列出，並特別在各個文法下方提供大量例句，有助強化學習者的理解能力與學習動機。

5. 練習

熟悉「學習重點」的內容後，練習「填空完成句子」等題目，將重點精華內容消化後變成自己的東西。

6. 會話練習

依照提示回答問題，學習者可以根據情境自由回答。學習者可以在課堂內自行轉換成各種情境，提升學習的實境參與感。

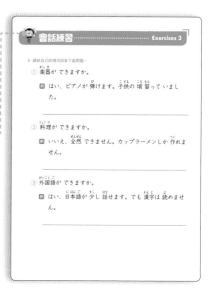

7. 應用練習

提供問句和答句，讓學習者可以自由選擇練習提問和回答。學習者可以聯想各種不同的情境，並挑戰應用新學會的用法，過程中將大大提升學習的成就感。

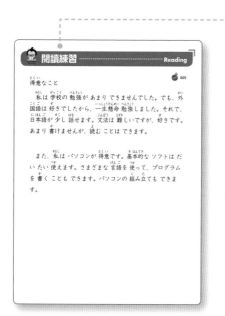

8. 閱讀練習

將本課的學習重點彙整成幾個較長的句子，在閱讀與理解的過程中，加深學習印象。請測試自己是否能完美解析每個句子，同時挑戰是否可以在發音毫無錯誤的狀況下，一口氣從頭讀到尾，兩者皆能提升學習成效。

9. 寫作練習

附加在「閱讀練習」後方，自行撰寫短文，作
為各課最後的綜合應用練習時間。

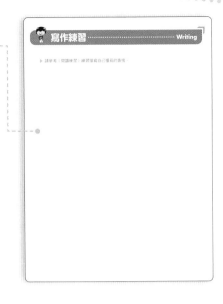

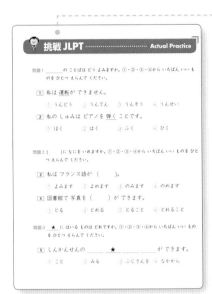

10. 挑戰 JLPT！

提供各類日語考試中會出現的題型，不僅可以
檢測自己的學習成效，還能熟悉日本語能力測
驗中出現的題型，期待達到一箭雙鵰的效果。

＊生活字彙

提供與本課相關的基本詞
彙，並附上圖片。

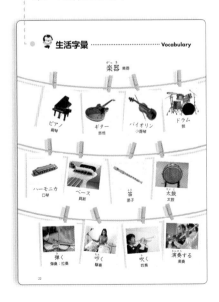

＊日本文化探訪

提供文化基本資訊和相關照片，期盼學習者更
加了解日本。語言和文化可說是相輔相成，
了解日本文化將有助於提升日語的能力。

🎵 50音

	あ行	か行	さ行	た行	な行	は行	ま行	や行	ら行	わ行	ん
あ段	あ [a]	か [ka]	さ [sa]	た [ta]	な [na]	は [ha]	ま [ma]	や [ya]	ら [ra]	わ [wa]	ん [N]
い段	い [i]	き [ki]	し [shi]	ち [chi]	に [ni]	ひ [hi]	み [mi]		り [ri]		
う段	う [u]	く [ku]	す [su]	つ [tsu]	ぬ [nu]	ふ [hu]	む [mu]	ゆ [yu]	る [ru]		
え段	え [e]	け [ke]	せ [se]	て [te]	ね [ne]	へ [he]	め [me]		れ [re]		
お段	お [o]	こ [ko]	そ [so]	と [to]	の [no]	ほ [ho]	も [mo]	よ [yo]	ろ [ro]	を [o]	

	ア行	カ行	サ行	タ行	ナ行	ハ行	マ行	ヤ行	ラ行	ワ行	ン
ア段	ア [a]	カ [ka]	サ [sa]	タ [ta]	ナ [na]	ハ [ha]	マ [ma]	ヤ [ya]	ラ [ra]	ワ [wa]	ン [N]
イ段	イ [i]	キ [ki]	シ [shi]	チ [chi]	ニ [ni]	ヒ [hi]	ミ [mi]		リ [ri]		
ウ段	ウ [u]	ク [ku]	ス [su]	ツ [tsu]	ヌ [nu]	フ [hu]	ム [mu]	ユ [yu]	ル [ru]		
エ段	エ [e]	ケ [ke]	セ [se]	テ [te]	ネ [ne]	ヘ [he]	メ [me]		レ [re]		
オ段	オ [o]	コ [ko]	ソ [so]	ト [to]	ノ [no]	ホ [ho]	モ [mo]	ヨ [yo]	ロ [ro]	ヲ [o]	

少^{すこ}し ピアノが 弾^ひけます。

會彈一點鋼琴。

point

01 動詞可能形活用的變化

02 基本形＋ことができる　能夠～

單字

🎵 001

假名	漢字／原文	中譯
できます	出来ます	能做到～【できるⅡ】
まちます	待ちます	等；等候【待つⅠ】
およぎます	泳ぎます	游泳【泳ぐⅠ】
つかいます	使います	使用【使うⅠ】
はしります	走ります	跑步【走るⅠ】
うんてんします	運転します	開車【運転するⅢ】
ひきます	弾きます	彈奏；拉奏【弾くⅠ】
スペインご	spain語	西班牙文
らいしゅう	来週	下個禮拜
わかい	若い	年輕的
みまん	未満	未滿
スマートフォン	Smart Phone	智慧型手機
フランスご	france語	法文
すうがく	数学	數學
がいこくご	外国語	外文、外語
かんじ	漢字	漢字
からい	辛い	辣的；辛辣的
メートル	mètre	公尺
キロ（メートル）	kilo (mètre)	公里
エクセル	Excel	Excel
バイク	bike	摩托車
カップラーメン		泡麵

がっき	楽器	樂器
ベース	bass	貝斯
ころ	頃	～時候
しか		除了…之外都（後加否定）

とくい（な）	得意（な）	擅長的
きほんてき（な）	基本的（な）	基本的
さまざま（な）	様々（な）	各種各樣的
いっしょうけんめい	一生懸命	拼命；盡力
ぶんぽう	文法	文法
ソフト	software	軟体（「ソフトウエア」的縮寫）
げんご	言語	語言；程式語言
プログラム	program	程式；企劃
くみたて	組み立て	組裝
それで		所以
むかし	昔	以前
だいたい		大概

🎵 002

中村　林さんは 何か 楽器が できますか。

林　　ピアノが 少し 弾けます。子供の 頃 習って いました。

中村　そうですか。私は ギターと ベースが できます。

林　　中村さんは 料理が できますか。

中村　はい、できます。
　　　日本料理は だいたい 作る ことが できます。

林　　そうですか。私は ラーメンしか 作れません。

003

01 可能形

第 I 類動詞 （五段動詞）	將「-iます」改成「-eます」。 ・いきます →いけます（行く→行ける） ・のみます →のめます（飲む→飲める） ・つくります →つくれます（作る→作れる）
第 II 類動詞 （一段動詞）	去掉「ます」後，再加上「られます」。 ・みます →みられます（見る→見られる） ・たべます →たべられます（食べる→食べられる）
第 III 類動 詞 （變格動 詞）	不規則變化。 ・します →できます（する→できる） ・きます →こられます（来る→来られる）

【動詞變化練習】

ます形	分類	可能形	ます形	分類	可能形
買います	1		泳ぎます	1	
着ます	2		来ます	3	
待ちます	1		歌います	1	
します	3		働きます	1	
読みます	1		食べます	2	

【例句】

❶ 私は 英語と スペイン語が 話せます。

Tip

動詞的可能形，皆為第 II 類動詞。
いく（第 I 類動詞）
↓
いける（第 II 類動詞）
↓
いけます

Tip

使用可能形時，要將助詞「を」改成「が」（部分動詞除外）。

・水を飲む（喝水）
↓
水が飲める

・運転をする（開車）
↓
運転ができる

Tip

按照規則，「第 II 類動詞」和「来る」的「可能形」皆有「ら」，但是年輕世代使用時，經常會選擇省略「ら」。舉例來說：「見る」、「食べる」、「来る」的可能形會用「見れる」、「食べれる」、「来れる」，而非規則變化「見られる」、「食べられる」、「来られる」。

② この 雑誌は 韓国で 買えません。

③ 来週の 火曜日、10時までに 来られます
か。

④ 若い 時は 100メートル 泳げました。

 004

02 【基本形】 ことが できる　　　　　　　能夠～

≫ 作ります→ 作る ことが できる(できます)

≫ 教えます→ 教える ことが できる (できます)

【例句】

❶ この 公園では 野球を する ことが できま
す。

❷ 日本では 二十歳 未満の人は たばこを 吸
う ことが できません。

❸ この スマートフォンは 日本でも 使う
ことが できますか。

❹ 日本に 来る 前は 日本語を 話す ことが で
きませんでした。

Tip

日語的「可能
形」和「〔基本
形〕ことが で
きる」兩種皆
用來表達「可
能」，大多數
的情況皆可替
換使用，意思
上並不會產生
變化。

▷ 請依下方例句完成句子。

例

走_{はし}ります

・私^{わたし}は 10 キロ ___走^{はし}れます___ 。
・私^{わたし}は 10 キロ ___走^{はし}る こと___ が できます。

❶

話_{はな}します

・私^{わたし}は 英語^{えいご}が _____ 。
・私^{わたし}は 英語^{えいご}を _____ が できます。

❷

使_{つか}います

・私^{わたし}は エクセルが _____ 。
・私^{わたし}は エクセルを _____ が できます。

❸

乗_のります

・私^{わたし}は 自転車^{じてんしゃ}に _____ 。
・私^{わたし}は 自転車^{じてんしゃ}に _____ が できます。

❹

教_{おし}えます

・私^{わたし}は 数学^{すうがく}が _____ 。
・私^{わたし}は 数学^{すうがく}を _____ が できます。

練習 2

▶ 請依下方例句完成句子。

例

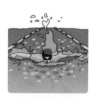

A 100メートル 泳げますか。
B はい、泳げます／いいえ、泳げません。

❶

A バイクの 運転が できますか。

B ＿＿＿＿＿＿＿＿＿＿＿＿＿＿＿＿＿＿＿。

❷

A 辛い ものが 食べられますか。

B ＿＿＿＿＿＿＿＿＿＿＿＿＿＿＿＿＿＿＿。

❸

A バスの 中で 寝られますか。

B ＿＿＿＿＿＿＿＿＿＿＿＿＿＿＿＿＿＿＿。

❹

A 一人で 旅行できますか。

B ＿＿＿＿＿＿＿＿＿＿＿＿＿＿＿＿＿＿＿。

16

▶ 請依自己的情況回答下面問題。

① 楽器が できますか。

例 はい、ピアノが 弾けます。子供の 頃 習って いました。

_____

② 料理が できますか。

例 いいえ、全然 できません。カップラーメンしか 作れません。

_____

③ 外国語が できますか。

例 はい、日本語が 少し 話せます。でも 漢字は 読めません。

_____

應用練習 ···················· **Exercise 4**

▶ 請依照自己情況完成下方會話，或依下方中文說明作答。

A _____さんは_____。

B _____。

A そうですか。_____。

B _____さんは_____。

A _____。

B そうですか。_____。

A 林小姐，妳會什麼樂器呢？

B 我會彈一點鋼琴。小時候我有學。

A 這樣啊！我會彈吉他和貝斯。

B 中村你會做菜嗎？

A 會，我會。日本料理大概都會做。

B 這樣啊！我只會煮拉麵。

005

得意(とくい)なこと

　私(わたし)は 学校(がっこう)の 勉強(べんきょう)が あまり できませんでした。でも、外(がい)国語(こくご)は 好(す)きでしたから、一生懸命(いっしょうけんめい) 勉強(べんきょう)しました。それで、日本語(にほんご)が 少(すこ)し 話(はな)せます。文法(ぶんぽう)は 難(むずか)しいですが、好(す)きです。あまり 書(か)けませんが、読(よ)む ことは できます。

　また、私(わたし)は パソコンが 得意(とくい)です。基本的(きほんてき)な ソフトは だいたい 使(つか)えます。さまざまな 言語(げんご)を 使(つか)って、プログラムを 書(か)く ことも できます。パソコンの 組(く)み立(た)ても できます。

寫作練習 .... Writing

▶ 請參考〔閱讀練習〕練習描寫自己擅長的事情。

_____

_____

_____

_____

_____

_____

_____

_____

_____

_____

_____

_____

_____

_____

_____

_____

_____

問題1 ＿＿＿＿ の ことばは どう よみますか。①・②・③・④から いちばん いい も のを ひとつ えらんで ください。

1 私は 運転が できません。

① うんどう ② うんてん ③ うんそう ④ うんせい

2 私の しゅみは ピアノを 弾く ことです。

① ほく ② はく ③ ふく ④ ひく

問題2 ( )に なにを いれますか。①・②・③・④から いちばん いい ものを ひと つ えらんで ください。

3 私は フランス語が ( )。

① よみます ② よめます ③ のみます ④ のめます

4 図書館で 写真を ( ) が できます。

① とる ② とれる ③ とること ④ とれること

問題3 ＿＿ ★ ＿＿ に はいる ものは どれですか。①・②・③・④から いちばん いい もの を ひとつ えらんで ください。

5 しんかんせんの ＿＿＿＿ ★ ＿＿＿＿ ＿＿＿＿ が できます。

① こと ② みる ③ ふじさんを ④ なかから

生活字彙 •••••••••••••••••••••••• **Vocabulary**

がっき
楽器 樂器

ピアノ
鋼琴

ギター
吉他

バイオリン
小提琴

ドラム
鼓

ハーモニカ
口琴

ベース
貝斯

ふえ
笛
笛子

たいこ
太鼓
太鼓

ひ
弾く
彈奏；拉奏

たた
叩く
擊奏

ふ
吹く
吹奏

えんそう
演奏する
演奏

病院に行かないと
いけません。

得去醫院。

point

 單字 ....

 006

假名	漢字／原文	中譯
いれます	入れます	放進去【入れるⅡ】
きります	切ります	關；切【切るⅠ】
わすれます	忘れます	忘記【忘れるⅡ】
おくれます	遅れます	遲到【遅れるⅡ】
でかけます	出掛けます	出門【出掛けるⅡ】
うけます	受けます	接受【受けるⅡ】
	＊授業を受けます	*上課
はらいます	払います	支付【払うⅠ】
しゅくだい	宿題	功課
さとう	砂糖	砂糖
かし	歌詞	歌詞
はやく	早く	早一點；快一點
でんげん	電源	電源
かだい	課題	課題
そうじ	掃除	打掃
しんせき	親戚	親戚

～あと	～後	～之後
またこんど	また今度	下次再～吧

はじまります	始まります	開始【始まるⅠ】
かかります	掛かります	花費（時間、金錢…）【掛かるⅠ】
おひる	お昼	中午
やくそく	約束	約定
ゆうしょく	夕食	晚餐
じゅんび	準備	準備
おそい	遅い	晚的；慢的

會話 .... Dialogue

🎵 007

呉　　授業の後、カラオケに 行きませんか。

加藤　いいですね。でも、今日は 病院へ 行かないと いけません。

呉　　明日は どうですか。

加藤　すみません。明日は 朝まで 寝ないで バイトを しないと いけません。

呉　　あさっては どうですか。

加藤　すみません。あさっては 家へ 帰って 掃除を しないと いけません。

呉　　じゃあ、また 今度……。

008

01 ない形

第 I 類動詞 （五段動詞）	將改成「-iます」「-aない」。◀ ・いきます（行く）→いかない ・のみます（飲む）→のまない ・つくります（作る）→つくらない
第 II 類動詞 （一段動詞）	去掉「ます」後，再加上「ない」。. ・みます（見る）→みない ・たべます（食べる）→たべない
第 III 類動詞 （變格動詞）	不規則變化。 ・します（する）→しない ・きます（来る）→こない

【動詞變化練習】

ます形	分類	可能形	ます形	分類	可能形
買います	1		泳ぎます	1	
着ます	2		来ます	3	
待ちます	1		歌います	1	
します	3		働きます	1	
読みます	1		食べます	2	

【例句】

❶ 宿題を 忘れないで ください。

❷ 来週は 遅れないで ください。

❸ ここで、タバコを 吸わないで ください。

Tip

「ない形」用來表示動詞否定，因此也可以稱作「否定形」。在句子中直接套用的話，就是「動詞普通形的否定形」（參照第 23 課），如：

・お茶を飲まない。
　→普通形
＝お茶を飲まみません。→敬體

・明日、遊びに行かない？→普通形
＝明日、遊びに行きませんか。→敬體

Tip

但是以「-います」要改成「-わない」，不能改成「-あない」。
例如：
会います
→会わない（○）
　会あない（×）

Tip

「～Ｖないで ください」（請不要做～），請參見《日文初學 20 堂課 2》第 20 課。

27

009

02 Vないで　　　　　　　　　　　　　附加動作

≫ Vないで　V

→砂糖を 入れないで コーヒーを 飲みます。

【例句】

❶ 毎日 朝ごはんを 食べないで 学校へ 来ます。

❷ この歌は 歌詞を 見ないで 歌えます。

❸ 昨日、エアコンを つけないで 寝ました。

 010

03 Vないで　　　　　　　　　　　　　取代動作

≫ Vないで　V

→大学へ 行かないで、働きます。

【例句】

❶ 今日は 学校へ 行かないで 家で 勉強します。

❷ バスに 乗らないで 駅まで 歩いて 行きます。

> **Tip**
> 「XないでY」表示「在不做X的狀況下，做Y」，如果是「XてY」則是「在做X的狀況下，做Y」。如：
> ・醬油をつけないで食べます。（不沾醬油吃）
> ・醬油をつけて食べます。（沾醬油吃）

> **Tip**
> 「XないでY」表示「不做X，做Y」。XY分別是兩個不能同時進行的動作。

③ 彼は 仕事を しないで 遊んでいます。

④ きのうは出かけないで、うちで休みました。

 011

04 【～ない形】と いけません　　得～、必須要～

» 行きます → 行かないと いけません

» 食べます → 食べないと いけません

» します　 → しないと いけません

【例句】

① 明日は 早く 起きないと いけません。

② 今日は この 本を 読まないと いけません。

③ 木曜日は 10時まで 仕事を しないと いけません。

練習 1 ··· **Exercise 1**

▶ 請依下方例句完成句子。

例

私は 朝ごはんを
食べて／食べないで
学校に 来ます。

食べます

Tip
表示附加動作句型
中，「X ないで Y」
是「在不做 X 的狀況
下，做 Y」；「X 〜
て Y」則是「在做 X
的狀況下，做 Y」。

❶

私は バスに _____

うちへ 帰ります。

乗ります

❷

私は 携帯電話の 電源を _____

寝ます。

切ります

❸

私は 砂糖を _____

コーヒーを 飲みます。

入れます

❹

私は 昨日、_____

寝ました。

シャワーを 浴びます

▶ 請依下方例句完成句子。

例

今日は 仕事を しないと いけません。

仕事をします

① 今日は _____
いけません。

授業を 受けます

② 今日は _____
いけません。

病院へ 行きます

③ 今日は _____
いけません。

お金を 払います

④ 今日は _____
いけません。

課題を します

▶ 請依自己的情況回答下面問題。

① 今日は 何を しないと いけませんか。

例 レポートを 書かないと いけません。

_____

② 家では 何を しないと いけませんか。

例 掃除を しないと いけません。

_____

③ 週末には 何を しないと いけませんか。

例 親戚の 家へ 行かないと いけません。

_____

▶請依照自己情況完成下方會話，或依下方中文說明作答。

A 授業の 後 _____。
<small>じゅぎょう あと</small>

B いいですね。でも、_____。

A 明日は どうですか。
<small>あした</small>

B すみません。_____。

A あさっては どうですか。

B すみません。_____。

A 下課後，要不要去唱卡拉 OK？

B 好像不錯！不過今天我得去醫院。

A 明天呢？

B 不好意思，明天我得不睡覺打工到天亮。

A 後天呢？

B 不好意思，後天我得回家打掃。

A 那，就下次吧！

 012

しないと いけない こと

　明日は とても 忙しい 一日です。授業が 9時に 始まり
ますから、朝6時に 起きないと いけません。そして 7時
の バスに 乗らないと いけません。うちから 学校までは 1
時間半くらい かかります。

　お昼は 約束が あって、友達と 一緒に ごはんを 食べま
す。その 後は 家へ 帰って 夕食の 準備です。母は いつも
遅いですから、 私が 料理を しないと いけません。夜は
勉強です。テストが 近いですから、 勉強しないと いけま
せん。

▶ 請參考〔閱讀練習〕練習描寫自己必須要做的事情。

_____

_____

_____

_____

_____

_____

_____

_____

_____

_____

_____

_____

_____

_____

_____

_____

_____

_____

挑戦 JLPT ·············· Actual Practice

問題 1 ＿＿＿＿ の ことばは どう よみますか。①・②・③・④から いちばん いい もの を ひとつ えらんで ください。

1 病院は あそこですよ。

① びょういん　② びょういん　③ びようえん　④ びょうえん

2 お金を 払いましたか。

① さらい　　② あらい　　③ ならい　　④ はらい

問題 2 （　　　）に なにを いれますか。①・②・③・④から いちばん いい もの を ひとつ えらんで ください。

3 テストの ときは じしょを （　　　） やって ください。

① 使わないで　② 使わなくて　③ 使わない　　④ 使あないで

4 金曜日までに かだいを 出さないと （　　　）。

① なります　　② なれません　③ いけません　④ いけます

問題 3 ＿＿★＿＿ に はいる ものは どれですか。①・②・③・④から いちばん いい ものを ひとつ えらんで ください。

5 明日は ＿＿＿＿ ＿★＿ ＿＿＿＿ ＿＿＿＿。

① いけません　② じゅぎょうを　③ 英語の　　④ うけないと

コラム

▶晚上也要說早安？

在日本，招呼語會依照時間來做區分。早上說「おはよう(ございます)」；白天會說「こんにちは」；晚上則說「こんばんは」，想必大家都是這樣學的。但實際上，日本人很常在晚上、甚至是半夜的時候使用「おはよう(ございます)」。

傍晚六點，到酒館打工的學生會先說完「おはようございま〜す!」再進入酒館內。先抵達店內的人也會以「おはよう(ございます)」來回應。不僅僅是傍晚開店的酒館，就連24小時營業的便利超商或家庭餐廳也適用。像這樣不分時段使用「おはよう(ございます)」，據說是源自於三班制輪班的工廠、或是24小時不熄燈的電視台沿襲下來的習慣。但是只要試著分析這句話的功用，你就會發現這種使用方式是再自然不過的事。

「こんにちは」指的是「今天（是美好的一天）。」「こんばんは」指的是「今晚（是美好的夜晚）。」兩者皆省略後方的內容，作為社交時形式上的招呼語。因此如果你向家人或好朋友說這兩句話，就像對待外人般，帶有尷尬的感覺。然而，「おはよう(ございます)」這句話是由「はやい（早的）」演變而來。根據不同狀況，可以解釋成「很早起床」、「很早就來了」、「很早開始」、「早點來心情很好」等意思，並非僅限於早晨時段使用。

如果你在上班當天與同事第一次碰面時，職場中互相使用「おはよう(ございます)」，功能就彷彿提醒人「開始」的輕快鐘聲般，不分時段通通適用。

生活字彙 ·························· Vocabulary

家事（かじ）家事

掃除（そうじ）
掃除

洗濯（せんたく）
洗衣服

料理（りょうり）
烹煮

洗い物（あらもの）
待清洗的（餐具、衣物…）

買い物（かもの）
購物

ゴミ出し（だ）
丟垃圾

整理（せいり）
整理

片づけ（かた）
收拾整理

アイロンがけ
整燙

裁縫（さいほう）
裁縫

節約（せつやく）
節約

日曜大工（にちようだいく）
業餘DIY木工

どうしたの？

怎麼了呢？

point

單字

 013

假名	漢字／原文	中譯
しょくじします	食事します	用餐【食事するⅢ】
もらいます	貰います	收到；得到【もらうⅠ】
かぜをひきます	風邪をひきます	感冒【引くⅠ】
ちこくします	遅刻します	遲到【遅刻するⅢ】
けんかします	喧嘩します	吵架【喧嘩するⅢ】
ひろいます	拾います	撿拾【拾うⅠ】
まじめ（な）	真面目（な）	認真的
きたない	汚い	髒的
きみ	君	你
がっきゅういいんちょう	学級委員長	班長
ぼく	僕	我（男性）
かれし	彼氏	男朋友；他
いっぱい	一杯	一杯
じかん	時間	時間
まだ	未だ	還沒
なかなか	中々	難以〜，很難〜
きょねん	去年	去年
は	歯	牙齒
プレゼント	present	禮物
やすみ	休み	休假
かぜ	風邪	感冒

さつ	札	紙幣

ねつ	熱	發燒

にっき	日記	日記
みんな	皆	大家
ばしょ	場所	場所；場地
ビュッフェ	buffet（法）	自助餐廳
しょくご	食後	飯後
デザート	dessert	甜點
アイスクリーム	ice cream	冰淇淋
しゅるい	種類	種類
いろいろ（な）	色々（な）	各種各樣的
とくに	特に	尤其是

會話 ·· **Dialogue**

🎵 014

清水 林さん、元気 ないね。

林　　ちょっと 熱が あるんです。

清水 風邪？

林　　昨日、バイトで 一日中 外に いたんです。

清水 病院 行った？

林　　いいえ、まだです。今から 行きます。

學習重點 ·············· Grammar

 015

01 普通形

【普通形和敬體】

	普通形	敬體
動詞	・飲む ・飲まない ・飲んだ ・飲まなかった	・飲みます ・飲みません ・飲みました ・飲みませんでした
い形容詞	・おいしい ・おいしくない ・おいしかった ・おいしくなかった	・おいしいです ・おいしくないです ・おいしかったです ・おいしくなかったです
な形容詞	・まじめだ ・まじめじゃ ない ・まじめだった ・まじめじゃ なかった	・まじめです ・まじめじゃありません ・まじめでした ・まじめじゃありませんでした
名詞	・学生だ ・学生じゃ ない ・学生だった ・学生じゃ なかった	・学生です ・学生じゃありません ・学生でした ・学生じゃありませんでした

Tip

有些時候,「な形容詞、名詞」後方不用加「だ」。尤其是用於疑問句時,通常不會加「だ」。

・すごく きれいだ (O)

・すごく きれい (O)

・わたし きれいだ? (X)

・わたし きれい? (O)

Tip

「普通形」也稱作「常體」、「普通體」。

【普通形變化練習】

買います	買う	買わない	買った	買わなかった
食べます				
します				
来ます				
寒いです				
きれいです				
本です				

【例句】

① A これ 食べない？

B うん、食べる。

② A きのう 映画 見た？

B ううん、見なかった。

③ A 田中くんの 部屋 きれいだった？

B ううん、すごく 汚かったよ。

④ A 君が 学級委員長？

B ううん、僕じゃ ないよ。

Tip

「ううん」同「いいえ」，「うん」同「はい」。「ううん」、「うん」是更為口語的表現。

016

02 【普通形】 んです

>> あります → あるんです

>> 食^たべました → 食^たべたんです

>> 飲^のみませんでした → 飲^のまなかったんです

【例句】

① A どうしたんですか。

B お腹^{なか}が 痛^{いた}いんです。

② A どうして 食^たべないんですか。

B 時間^{じかん}が ないんです。

③ A 一杯^{いっぱい} どうですか。

B すみません、まだ 19歳^{さい}なんです。

④ A 食事^{しょくじ}しませんか。

B すみません。今^{いま}から 約束^{やくそく}が あるんです。

⑤ A 部屋^{へや}が きれいですね。

B 掃除^{そうじ}が 好^すきなんです。

Tip

談論與該狀況有關的事情時，會加上「んです」使用，可以用於表示原因、確認、説明等。

・テストが あります。（單純陳述事實）

・テストが あるんです。（語感上帶有「所以今天沒辦法做其他事」的意思）

Tip

普通形後方連接「んです」，但是若為名詞或な形容詞時，則要連接「なんです」。例如「好^すきなんです」「19歳^{さい}なんです」。

練習 1 ⋯⋯⋯⋯⋯⋯⋯⋯⋯⋯⋯⋯⋯⋯⋯ Exercise 1

▶ 請參考下方例句練習肯定提問和否定回答。

例

A 久<small>ひさ</small>しぶり！ 元気<small>げんき</small>？

B ううん、元気<small>げんき</small>じゃ ない。

元気<small>げんき</small>だ

① A 今<small>いま</small>、_____？

B ううん、_____。

忙<small>いそが</small>しい

② A 猫<small>ねこ</small>、_____？

B ううん、_____。

好<small>す</small>きだ

③ A 彼女<small>かのじょ</small>／彼氏<small>かれし</small>_____？

B ううん、_____。

いる

④ A 去年<small>きょねん</small>、海<small>うみ</small>へ_____？

B ううん、_____。

行<small>い</small>く

練習 2 .... Exercise 2

▶ 請參考例句並練習使用「んです」說明圖片狀況。

例

は　いた
歯が 痛いです。

A　どうしたんですか。

は　いた
B　歯が 痛いんです。

①

プレゼントを も
らいました。

A　どうしたんですか。

B　_____。

②

あした　やす
明日は 休みです。

A　どうしたんですか。

B　_____。

③

えい が
映画が おもしろ
く ありませんで
した。

A　どうしたんですか。

B　_____。

④

か ぜ
風邪を ひきました。

A　どうしたんですか。

B　_____。

Lesson 23　どうしたの？　・47

▶ 請參考例句並練習使用「んです」完成對話。

① どうして 授業(じゅぎょう)に 遅刻(ちこく)したんですか。

例 バスが 遅(おく)れたんです。

_____

② 最近(さいきん) 元気(げんき)が ないですね。

例 彼女(かのじょ)と けんかしたんです。

_____

③ 何か いいことが あったんですか。

例 道(みち)で 一万円札(いちまんえんさつ)を 拾(ひろ)ったんです。

_____

48

▶ 請依照自己情況完成下方會話，或依下方中文說明作答。

A ＿＿＿＿＿さん、元気 ないね。

B ＿＿＿＿＿＿＿＿＿＿＿＿＿＿＿＿＿＿＿＿＿＿。

A 風邪？

B ＿＿＿＿＿＿＿＿＿＿＿＿＿＿＿＿＿＿＿＿＿＿。

A ＿＿＿＿＿＿＿＿＿＿＿＿＿＿＿＿＿＿。

B ＿＿＿＿＿＿＿＿＿＿＿＿＿＿＿＿＿＿。

A 林先生，你精神不好欸。

B 有點發燒。

A 感冒？

B 昨天我打工時一直待在外面。

A 去醫院了嗎？

B 不，還沒。我現在去。

 017

日記(にっき)

12月19日(がつ にち)

今日(きょう)は 青山君(あおやまくん)たちと ごはんを 食(た)べに 行(い)った。みんなで 車(くるま)に 乗(の)って 行(い)った。場所(ばしょ)は 駅(えき)の 近(ちか)く の ビュッフェレストランだった。

この 店(みせ)は、野菜(やさい)が たくさん あった。久(ひさ)しぶりに 野菜(やさい)が たくさん 食(た)べられて 良(よ)かった。食後(しょくご)の デザートも 良(よ)かった。アイスクリームが 4種類(しゅるい)も あった。コーヒーも おいしかった。

みんなと いろいろな 話(はなし)が できて おもしろかった。特(とく)に 鈴木(すずき)くんの 彼女(かのじょ)の 話(はなし)が おもしろかった。僕(ぼく)も 早(はや)く 彼女(かのじょ)が ほしい。

Tip
「實際數量詞＋も＋肯定」表示「強調數量之多」。

寫作練習

▶ 請參考〔閱讀練習〕練習使用普通形寫日記。

問題1 _____ の ことばは どう よみますか。①・②・③・④から いちばん いい もの を ひとつ えらんで ください。

1 おなかが 痛いんです。

　　① いたい　　② かゆい　　③ ゆるい　　④ だるい

2 風邪を ひいたんです。

　　① がぜ　　② がせ　　③ かぜ　　④ かせ

問題2 (　　　)に なにを いれますか。①・②・③・④から いちばん いい もの を ひとつ えらんで ください。

3 バスが なかなか (　　　)んです。

　　① 来ました　　② 来た　　③ 来ます　　④ 来なかった

4 A「どうしたんですか。」

　　B「財布を (　　　)んです。」

　　① 落とす　　　　　　② 落とした

　　③ 落とします　　　　④ 落としました

5 A「あそこの 図書館は (　　　)?」

　　B「ううん、けっこう うるさいよ。」

　　① 静か　　② 静かだ　　③ 静かな　　④ 静かの

52

コラム

▶ OMOTENASHI 盛情款待

　　　　日語中，會以「o-mo-te-na-shi（おもてなし）」表示接待、歡迎客人。演員兼自由主播的瀧川雅美（滝川クリステル），曾於爭取申辦2020東京奧運的最終演説中，以一個個音節唸出「o-mo-te-na-shi」搭配合掌的手勢，幫助日本成功奪下奧運主辦權，使得此字一舉成名。

　　　　在日本的餐廳或住宿設施，都可以接觸到「おもてなし」。談到以客為尊的第一名，多數人應該都會認為是石川縣和倉溫泉鄉的加賀屋（加賀屋旅館）。自1981年起，加賀屋入選由旅遊業者選出的「專家票選飯店・旅館100選」，並蟬聯36年的冠軍寶座，可惜在2017年便掉至第三名。

　　　無論是設施或是料理，加賀屋都可以稱得上「おもてなし」的第一名。據説加賀屋絕對不會對客人的要求説不。有一則軼事是有位客人想要喝加賀屋內未提供的酒，當時服務人員不惜搭計程車，花費來回四小時以上的車程，只為了買到那瓶酒。此舉讓那位客人深受感動，自此成為加賀屋的死忠顧客。

　　　加賀屋的接待之道並非制式化的服務。管家會觀察每位客人喜歡的接待方式，思考如何為眼前的客人提供最好的服務。這是他們秉持著以客為尊的精神，才能辦到的事。

　　　即使以這種方式為客人竭盡全力，加賀屋仍舊無法完全避掉負面評價。因此他們請投宿旅客填寫問卷調查表，以此收集客人的意見。當中若出現批評與不滿之處，他們會抱持感恩的心接納，持續不斷改善，力求達成零客訴的目標。

　　　往後如果有機會，不妨入住加賀屋，體驗一下日本的待客之道。

恋愛 戀愛
(れんあい)

初恋 (はっこい)
初戀

片思い (かたおも)
單戀

両思い (りょうおも)
相互思慕

付き合う (つ・あ)
交往

告白する (こくはく)
告白

失恋 (しつれん)
失戀

一目ぼれする (ひとめ)
一見鍾情

浮気する (うわき)
劈腿；出軌

ナンパする
搭訕

ラブラブ
濃情蜜意

別れる (わか)
分手

二股を かける (ふたまた)
腳踏兩條船

<ruby>雨<rt>あめ</rt></ruby>が <ruby>降<rt>ふ</rt></ruby>りそうです。

快要下雨了。

point

01 【表示傳聞】そうです

02 【表示樣態】そうです

🎵 018

假名	漢字／原文	中譯
ふります	降ります	下（雨，雪）【降るⅠ】
はれます	晴れます	晴天【晴れるⅡ】
ごうかくします	合格します	考上【合格するⅢ】
ゆうしょうします	優勝します	獲得冠軍【優勝するⅢ】
ころびます	転びます	跌倒【転ぶⅠ】
あたります	当たります	撞上，碰上【当たるⅠ】
てんきよほう	天気予報	天氣預報
ほっかいどう	北海道	北海道
ゆき	雪	雪
イギリスじん	イギリス人	英國人
いまにも	今にも	眼看快要
なんだか	何だか	不知怎麼的；總覺得
あたらしい	新しい	新的
あたまが いい	頭がいい	聰明的
しあわせ（な）	幸せ（な）	幸福的
おさけが つよい	お酒が強い	很會喝酒的
ぶちょう	部長	部長；經理
しゅっちょう	出張	出差
ボール	ball	球
イメージ	image	印象
ハンバーガー	hamburger	漢堡

そういえば	そう言えば	話說
まつり	祭り	祭典
はなびたいかい	花火大会	煙火大會

ちがいます	違います	不一樣【違うⅠ】
りょこうします	旅行します	旅行【旅行するⅢ】
ぬります	塗ります	塗抹【塗るⅠ】
そります	剃ります	剃【剃るⅠ】
えどじだい	江戸時代	江戸時代
せいかつ	生活	生活
むかし	昔	從前
さかな	魚	魚；魚肉
じょせい	女性	女性
まゆげ	眉毛	眉毛
けしょう	化粧	化妝

會話 ·· Dialogue

🎵 019

加藤　何だか、雨が 降りそうですね。

陳　　そうですね。でも、天気予報に よると
　　　今日は 晴れるそうですよ。

加藤　それは よかった。じゃあ、今日 海に 行き
　　　ませんか。

陳　　いいですね。そういえば、今日は 海で 祭
　　　りが あるそうですよ。

加藤　へえ、面白そうですね。

陳　　夜には 花火大会も あるそうです。

> **Tip**
> 「よかった」為
> 「いい」的過
> 去式，用來表
> 示「好的」。在
> 口語中也可以
> 解釋為「太好
> 了」，表示擔心
> 的事情獲得解
> 決。

020

01 ～そうです 表示傳聞

接續方式：普通形＋そうです

動詞	・降るそうです 〔基本形〕 ・降らないそうです 〔否定－ない形〕 ・降ったそうです 〔過去－た形〕 ・降らなかったそうです 〔過去否定－なかった形〕
い形容詞	・おいしいそうです 〔基本形〕 ・おいしく ないそうです 〔否定形〕 ・おいしかったそうです 〔過去形〕 ・おいしく なかったそうです 〔過去否定形〕
な形容詞	・親切だそうです 〔語幹＋だ〕 ・親切じゃ ないそうです 〔否定形〕 ・親切だったそうです 〔過去形〕 ・親切じゃ なかったそうです 〔過去否定形〕
名詞	・先生だそうです 〔名詞＋だ〕 ・先生じゃ ないそうです 〔否定形〕 ・先生だったそうです 〔過去形〕 ・先生じゃ なかったそうです 〔過去否定形〕

Tip

將聽到的內容或資訊轉述給別人時，會使用表示傳聞的「そうです」。相當於中文的「聽說～」。

Tip

表示傳聞的「そうです」前方會連接「普通形」。

【例句】

① 天気予報に よると 明日は 晴れるそうで
す。

② 北海道では 今、雪が 降って いるそうで
す。

③ 彼は 試験に 合格したそうです。

④ 父は 今、仕事で 忙しいそうです。

⑤ 姉は 大学の 勉強が 大変だそうです。

⑥ 彼女は イギリス人だそうです。

Tip

「～によると」表示「根據～」。與「そうです」搭配使用時，可以表示聽到的內容、資訊的來源。

021

02 ～そうです　　　　　　　　　　　　　　　表示樣態

【接續方式比較】

	そうです【表示樣態】	そうです【表示傳聞】
動詞	〔ます形+そうです〕 ・降る→降りそうです	〔普通形+そうです〕 ・降る→降るそうです
い形容詞	〔～い+そうです〕 ・おいしい 　→おいしそうです 【例外】 ・いい→よさそうです ・ない→なさそうです	〔普通形+そうです〕 ・おいしい 　→おいしいそうです
な形容詞	〔～だ+そうです〕 ・親切だ 　→親切そうです	〔語幹+だ+そうです〕 ・親切だ 　→親切だそうです
名詞	※表示樣態時，不可用名詞連接	〔～だ+そうです〕

Tip

針對不確定的事情表達自己的感覺或印象時，會使用表示樣態的「そうです」。動詞指的是推測未來即將會發生的事情；形容詞則是對事物的特性或現況進行推測。相當於中文的「好像是～」、「看起來好像～」。

【例句】

① 今_{いま}にも 雨_{あめ}が 降_ふりそうです。

② 何_{なん}だか 彼_{かれ}が 優勝_{ゆうしょう}しそうです。

③ この ケーキは おいしそうです。

④ 新_{あたら}しい 先生_{せんせい}は 親切_{しんせつ}そうです。

⑤ あの 人_{ひと}は 頭_{あたま}が よさそうです。

▶ 請依下方例句完成句子。

例

聽到的話 明日は 雨が 降ります。
あした　　あめ　　ふ

轉　述 明日は 雨が 降るそうです。
あした　　あめ　　ふ

① 聽到的話 あの 先生は 英語を 教えて います。
せんせい　えいご　おし

轉　述 _____。

② 聽到的話 部長は 出張に 行きました。
ぶちょう　しゅっちょう　い

轉　述 _____。

③ 聽到的話 弟 「僕、車が 欲しい。」
おとうと　ぼく　くるま　ほ

轉　述 私の 弟は _____。
わたし　おとうと

④ 聽到的話 坂本 「僕の 彼女は とても きれいです。」
さかもと　ぼく　かのじょ

轉　述 坂本さんの _____。
さかもと

⑤ 聽到的話 ゆき 「私の 兄は 医者です。」
わたし　あに　いしゃ

轉　述 ゆきさんの _____。

▶ 請依下方例句完成句子。

例 楽[たの]しい → 楽[たの]しそうです。

① _____。

② _____。

③ _____。

④ _____。

⑤ _____。

64

▶ 請依下方提問和例句練習回答。

① どこに 住んでいますか。

例 京都に 住んでいます。

→ ～さんは、京都に 住んでいるそうです。

② 昨日は 何を しましたか。

例 友だちと お酒を 飲みました。

→ ～さんは 昨日、友だちと お酒を 飲んだそうです。

③ 何が 欲しいですか。

例 パソコンが 欲しいです。 → ～さんは、パソコンが 欲しいそうです。

④ 好きな 食べ物は 何ですか。

例1 刺身です。

→ ～さんの 好きな 食べ物は、刺身だそうです。

例2 刺身が 好きです。

→ ～さんは、刺身が 好きだそうです。

▶ 請依自己的情況回答下面問題。

① 日本人は どんな イメージですか。
にほんじん

例 まじめそうです。

_____

② 中国人は どんな イメージですか。
ちゅうごくじん

例 お酒が 強そうです。
さけ つよ

_____

③ アメリカ人は どんな イメージですか。
じん

例 ハンバーガーが 好きそうです。
す

_____

④ 陳さんは どんな イメージですか。
ちん

例 頭が よさそうです。
あたま

_____

▶ 請依照自己情況完成下方會話，或依下方中文說明作答。

A 何_{なん}だか、雨_{あめ}が 降_ふりそうですね。

B そうですね。でも、＿＿＿＿＿＿に よると
＿＿＿＿＿＿は 晴_はれるそうですよ。

A それは よかった。じゃあ、＿＿＿＿＿＿
＿＿＿＿＿＿に 行_いきませんか。

B いいですね。そういえば、＿＿＿＿＿＿は
＿＿＿＿＿＿が あるそうですよ。

A へえ、＿＿＿＿＿そうですね。

A 看來快要下雨了欸！
B 是啊！可是氣象預報說今天是晴天。
A 那就太好了！那麼今天要不要去海邊呢？
B 好耶！説起來，今天聽説有海洋祭。
A 喔？好像很好玩。
B 晚上聽説也有煙火大會。

022

えどじだい　せいかつ
江戸時代の生活

えどじだい　にほん　せいかつ　いま　ぜんぜん ちが
　江戸時代の 日本の 生活は 今と 全然 違うそう
です。

しょくじ　むかし　にく　た
　食事も 昔は 肉を 食べなかったそうです。魚
むかし　た
は 昔から 食べていたそうです。

むかし　でんしゃ　ひこうき
　また、昔は 電車や 飛行機が ありませんか
りょこう　ある　りょこう
ら、旅行の ときは 歩いて 旅行したそうです。
じかん　たいへん
これは 時間が かかって 大変そうです。

えどじだい　けっこん　じょせい　は　くろ
　また 江戸時代、結婚した 女性は 歯を 黒く*
ぬ　まゆげ　ぜんぶ　そ
塗ったそうです。眉毛も 全部 剃ったそうです。
いま　けしょう　ちが
今の 化粧とは ずいぶん 違います。

Tip

「い形容詞」後方
接動詞時，要將
「い」改「く」再
接動詞。

→黒↔く塗る

寫作練習 ································· Writing

▶ 請參考〔閱讀練習〕試著寫下你所知道的文化差異或時代差異等等。

_____

_____

_____

_____

_____

_____

_____

_____

_____

_____

_____

_____

_____

_____

_____

_____

_____

_____

_____

問題1 ＿＿＿の ことばは どう よみますか。①・②・③・④から いちばん いい
もの を ひとつ えらんで ください。

1 今日は とても いい 天気ですね。

① てんき　　② てんぎ　　③ でんき　　④ でんぎ

問題2 (　　　)に なにを いれますか。①・②・③・④から いちばん いい もの
を ひとつ えらんで ください。

2 おじさんの 話に (　　　)、この あたりは むかし 海
だったそうです。

① なると　　② のると　　③ よると　　④ さわると

3 さむいですね。今にも ゆきが (　　　) そうです。

① ふら　　② ふり　　③ ふる　　④ ふれ

4 あの かしゅは アメリカでは とても ゆうめい (　　　)
です。

① そうな　　② なそう　　③ そうだ　　④ だそう

問題3 ＿★＿に はいる ものは どれですか。①・②・③・④から いちばん いい
もの を ひとつ えらんで ください。

5 この ＿＿＿＿ ＿＿＿＿ ＿★＿ ＿＿＿そうです。

① あまり　　② なさ　　③ 本は　　④ おもしろく

コラム

▶ 具有多重含義的「すみません」

　　在日本，最常聽到的話為「すみません」，通常會翻成「對不起」。但是聽久了你會發現，日本人口中的「すみません」其實具有多重的含義。

　　「すみません」大致上分成「道歉」、「道謝」、「請託」三種意思。以中文來解釋的話，這句話可以表示「對不起」，也可以表示「謝謝」，甚至可以用來表示「不好意思」。

　　這三種含義都是在表達「抱歉給對方添麻煩」。像是自己犯了錯，造成對方的損失，內心對此感到抱歉；或是收到別人送的禮物，對於對方為自己花錢而感到抱歉；又或是向路人問路時，因對方為自己的提問停下腳步而感到抱歉等等，這些狀況通通可以用「すみません」來表達心中的歉意。但是，其實這句話並不是為了對方而說，而是對說出這句話的自己感到抱歉。

　　這可以稱之為內疚感，也有另一說是與佛教思想有所關聯。對於已發生的結果，不向外尋求原因，而是認為原因出在自己身上。

　　如上述，初級日語中所學的「すみません」，遠比我們想像的蘊含更多日本人的思慮和想法。

すみません。

生活字彙 ·························· **Vocabulary**

天気 <ruby>天気<rt>てんき</rt></ruby> 天氣

雨が 降る
<ruby>あめ<rt></rt></ruby> <ruby>ふ<rt></rt></ruby>
下雨

雪が 降る
下雪

晴れる - 晴れ
天晴

曇る - 曇り
陰天

雲
雲

霧
霧

嵐
暴風雨

吹雪
暴風雪

台風
颱風

気温が 高い
氣溫高

気温が 低い
氣溫低

日差しが 強い
陽光強烈

彼氏が<ruby>彼<rt>かれ</rt></ruby><ruby>氏<rt>し</rt></ruby>が できたみたいです。

好像有男朋友了。

point

 單字 ....

 023

假名	漢字／原文	中譯
うかります	受かります	考上【受かるⅠ】
おちます	落ちます	沒考上【落ちるⅡ】
せが たかい	背が高い	個子高的
うつくしい	美しい	優美的
にがい	苦い	苦的
なかが いい	仲がいい	感情好
ほんもの	本物	真品
あらし	嵐	暴風雨
モデル	model	模特兒
か	蚊	蚊子
むし	虫	蟲類；昆蟲
てんし	天使	天使
るす	留守	不在家
のみもの	飲み物	飲料
けしき	景色	景色
ようす	様子	樣子
どうやら		看樣子好像
まるで		很像；簡直；宛如…
しまい	姉妹	姐妹

かいます	飼います	飼養（動物）【飼うⅠ】
さんぽします	散歩します	散歩【散歩するⅢ】
くらします	暮らします	過生活【暮らすⅠ】
かしこい	賢い	聰明的
ボールあそび	ボール遊び	玩球
おやこ	親子	父母和子女

🎵 024

佐藤　張さんのお兄さん、彼女がいますか。

張　　はい、いるみたいですよ。

佐藤　どんな人ですか。

張　　兄によると、優しくて、まるで天使みたい
　　　だそうです。

佐藤　会ったことがありますか。

張　　いいえ、ないんです。一度会いたいです
　　　ね。

學習重點 .... Grammar

 025

01 ～みたいです／～ようです 　　表示推測

【不規則的接續方式】

動詞	・降っている みたいです／ようです〔基本形〕 ・降っていない みたいです／ようです〔否定－ない形〕 ・降った みたいです／ようです〔過去－た形〕 ・降らなかった みたいです／ようです〔過去否定形〕
い形容詞	・おいしい みたいです／ようです〔基本形〕 ・おいしく ない みたいです／ようです〔否定形〕 ・おいしかった みたいです／ようです〔過去形〕 ・おいしく なかった みたいです／ようです〔過去否定形〕
な形容詞	・好き みたいです〔語幹〕 ・好きな ようです〔語幹＋な〕 ・好きじゃ ない みたいです／ようです〔否定形〕 ・好きだった みたいです／ようです〔過去形〕 ・好きじゃ なかった みたいです／ようです〔過去否定形〕
名詞	・本物 みたいです〔名詞〕 ・本物の ようです〔名詞＋の〕 ・本物じゃ ない みたいです／ようです〔否定形〕 ・本物だった みたいです／ようです〔過去形〕 ・本物じゃ なかった みたいです／ようです〔過去否定形〕

Tip

「みたいです／ようです」是依照客觀的依據進行推測。後方常常會直接連接「いる」「ある」「はじまる」等某些特定動詞，但是連接其他大多數的動詞時，會根據該動詞要表達的意義，連接「～ている」「～ていない」「～た」「～なかった」等形態。
前面學過的「表示樣態的そうです」，則是表示自身主觀的感受。

Tip

在句子中使用「みたいです」或「ようです」時，都是表達同樣的意思。不過，「みたいです」多用於口語中。口語上雖然也可以使用「ようです」，但是感覺較為生硬，所以大多會用於書面用語中。另外，兩者的接續用法也有些許的差異，需要特別注意。

【例句】

① 部屋に 蚊が <u>いるみたいです</u>。

<u>いるようです</u>。

② 外は 雨が 降って <u>いるみたいです</u>。

<u>いるようです</u>。

③ あの二人は <u>けんかしたみたいです</u>。

<u>けんかしたようです</u>。

④ この 店の ケーキは <u>おいしいみたいです</u>。

<u>おいしいようです</u>。

⑤ 彼は 日本の 食べ物が <u>好きみたいです</u>。

<u>好きなようです</u>。

⑥ どうやら これは <u>本物 みたいです</u>。

<u>本物のようです</u>。

026

02 名詞＋みたいです／のようです 表示比喻

【例句】

❶ A ひどい風^{かぜ}ですね。

B そうですね。<u>まるで 嵐^{あらし}のようです。</u>
<u>まるで 嵐^{あらし}みたいです。</u>

❷ A 鈴木^{すずき}さんは 背^せが 高^{たか}いですね。

B そうですね。<u>まるで モデルのようです。</u>
<u>まるで モデルみたいです。</u>

❸ A 佐藤^{さとう}さんは 美^{うつく}しくて 優^{やさ}しいです
ね。

B そうですね。<u>まるで 天使^{てんし}のようです。</u>
<u>まるで 天使^{てんし}みたいです。</u>

Tip

用於比喻時，表示
「好像～一樣；如
同～一般」。接續
方式與「表示推測
的みたいです／よう
です」相同。雖然
能搭配動詞或形容
詞使用，但是大多
會以名詞作連接。

▶ 請依下方例句完成句子。

例

試験に <u>受かったみたいです。</u>

or <u>受かったようです。</u>

試験に 受かる

---

❶ ・試験に <u>　　　　　　　　　　　　　　　　</u>。

or <u>　　　　　　　　　　　　　　　　　　</u>。

試験に 落ちる

---

❷ ・虫が <u>　　　　　　　　　　　　　　　　</u>。

or <u>　　　　　　　　　　　　　　　　　　</u>。

虫が 嫌いだ

---

❸ ・おなかが <u>　　　　　　　　　　　　　</u>。

or <u>　　　　　　　　　　　　　　　　　　</u>。

おなかが 痛い

---

❹ ・（留守） <u>　　　　　　　　　　　　　</u>。

or <u>　　　　　　　　　　　　　　　　　　</u>。

留守／誰も いない

・誰も <u>　　　　　　　　　　　　　　　　</u>。

or <u>　　　　　　　　　　　　　　　　　　</u>。

▶ 請依下方例句完成句子。

例 佐藤さんは 歌が 上手ですね。（歌手）
→ まるで 歌手のようです。
→ まるで 歌手みたいです。

❶ この飲み物は苦いですね。（薬）

→ _____。

→ _____。

❷ この犬は小さいですね。（猫）

→ _____。

→ _____。

❸ この景色はすばらしいですね。（絵）

→ _____。

→ _____。

❹ あの二人は仲がいいですね。（姉妹）

→ _____。

→ _____。

▶ 請依下方提問和例句練習回答。

① 今、外は どんな 様子ですか。

例 人が あまり いないようです。

② 今、友だちは どんな 様子ですか。

例 先生の 話を 聞いて いないみたいです。

③ 明日の天気はどうですか。

例 天気予報によると、雨が降るそうです。

▶ 請依照自己情況完成下方會話，或依下方中文說明作答。

A 張さんの＿＿＿＿＿＿、＿＿＿＿がいますか。

B はい、いるみたいですよ。

A どんな人ですか。

B ＿＿＿＿によると、＿＿＿＿＿＿＿＿＿＿＿＿みたいだ
そうです。

A 会ったことがありますか。

B いいえ、ないんです。一度会いたいですね。

A 張小姐，妳哥哥有女朋友嗎？

B 好像有。

A 是什麼樣的女生？

B 據我哥哥説，她溫柔婉約，有如天使一般。

A 妳見過她嗎？

B 不，沒有。我想見見她。

 027

うちの猫

　うちは タマという 猫を 飼っています。タマは とても 賢いです。足で、部屋の ドアを 開けることも できます。それは タマには あまり 難しくない ようです。タマはボール遊びが 好きなようです。ボールで 遊ぶことが できます。とても かわいいです。

　タマと 母は 毎日 一緒に 寝ます。仲が よくて、まるで親子のようです。一緒に 散歩も します。まるで 犬みたいです。タマは もう 12歳です。最近 いつも 寝ています。おばあちゃんみたいです。

　タマちゃん！これからも 家族と 元気に 暮らしましょうね。

▶請參考〔閱讀練習〕練習描述自己觀察到的人物、動物、或昆蟲後,寫下其特性或你的感想。

問題1 ＿＿＿の ことばは どう よみますか。①・②・③・④から いちばん いい
ものを ひとつ えらんで ください。

1 今、外は どんな 様子ですか。

　① ようし　　　② ようす　　　③ ようこ　　　④ さまこ

問題2 （　　）に なにを いれますか。①・②・③・④から いちばん いい もの
を ひとつ えらんで ください。

2 あの 人は あまい ものが きらい（　　　）です。

　① みたい　　　② なみたい　　③ のみたい　　④ だみたい

3 きのうは ずいぶん 雨が （　　　）ようですね。

　① ふり　　　　② ふる　　　　③ ふった　　　④ ふって いる

4 あの 二人は なかが よくて まるで おやこ（　　　）です。

　① なそう　　　② なよう　　　③ のそう　　　④ のよう

問題3 ＿＿＿＿の ぶんと だいたい おなじ いみの ぶんが あります。①・②・③・④から いちばん いい ものを ひとつ えらんで ください。

5 この 家は 留守みたいです。

① この 家を 買ったらしいです。

② この 家は 売れないそうです。

③ この 家に 誰か 来て ほしいです。

④ この 家には 誰も いないようです。

虫 <ruby>虫<rt>むし</rt></ruby> 蟲類

アリ／蟻 <rt>あり</rt>
螞蟻

ハチ／蜂 <rt>はち</rt>
蜜蜂

セミ／蟬 <rt>せみ</rt>
蟬

チョウ／蝶 <rt>ちょう</rt>
蝴蝶

トンボ
蜻蜓

バッタ
蝗蟲

ハエ／蠅 <rt>はえ</rt>
蒼蠅

テントウムシ
瓢蟲

クワガタムシ
鍬形蟲

クモ／蜘蛛 <rt>くも</rt>
蜘蛛

ダンゴムシ
鼠婦

ムカデ
蜈蚣

* 蟑螂則是「ゴキブリ」。
* 昆蟲名通常會以片假名標示。若屬於經常使用的漢字，則會以漢字標示。

プレゼントを
もらいましたか。

収到禮物了嗎？

point

單字

🎵 028

假名	漢字／原文	中譯
あげます		給【あげるⅡ】
もらいます		得到【もらうⅠ】
くれます		給我【くれるⅡ】
ほめます	褒めます	稱讚【ほめるⅡ】
かします	貸します	借出【貸すⅠ】
いわいます	祝います	慶祝【祝うⅠ】
チケット	ticket	票
おかし	お菓子	零食
コーヒーカップ	coffee cup	咖啡杯
けしょうひん	化粧品	化妝品
べんとう	弁当	便當
さいふ	財布	錢包
マッサージ	massage	按摩

すいとう	水筒	水壺
ところで		話說
ネックレス	necklace	項鏈

アクセサリー	accessory	装飾品
おこづかい	お小遣い	零用錢
てづくり	手作り	親手製作；手工
ワイン	wine	紅酒
うれしい	嬉しい	高興的

029

山田 李さん、お誕生日に 何か プレゼントを
　　　もらいましたか。

李　　はい、母に かわいい 水筒を もらいまし
　　　た。山田さんは？

山田 父が かばんを 買って くれました。

李　　そうですか。ところで、母の日に 何か
　　　あげましたか。

山田 はい、ネックレスを あげました。李さん
　　　は？

李　　私は 花を あげました。

030

01 **あげる・もらう・くれる**　【授受動詞】　物品

>> わたしは　〜 人 に〜 物 を あげます
　　【我給〜人〜東西】

→ 私は 山田さんに 花を あげます。

>> わたしは　〜 人 に〜 物 を もらいます
　　【我從〜人得到〜東西】

→ 私は 鈴木さんに 本を もらいます。

>> 人 は わたしに〜 物 を くれます
　　【〜人給我〜東西】

→ 鈴木さんは 私に 本を くれます。

【例句】

❶ 私は娘にかわいい帽子をあげました。

❷ 私は佐藤さんにプレゼントをもらいました。

❸ 鈴木さんは私に高い時計をくれました。

 031

02 〔て形〕あげる・〔て形〕くれる・
〔て形〕もらう 【授受動詞】 動作

» わたしは ～ (人に) ～ V て あげます
【我給～人做～動作】

→ 私は 妹に 花を 買って あげます。

» わたしは ～ 人に ～ V て もらいます
【我從～人得到～動作】

→ 私は 山田さんに 本を 買って もらいました。❶

» 人は (わたしに) ～ V て くれます
【～人為我做～動作】

→ 山田さんは 私に 本を 買って くれました。❷ ◄──┐

【例句】

❶ 私は 息子を ほめて あげました。

❷ 鈴木さんは 私に 友達を 紹介して くれました。

❸ 私は 鈴木さんに 手伝って もらいました。

Tip

「V てあげます・V てくれます」中，如果受益者原來動作中有「N を 」「N と 」等，不需改為「N に 」。如：

・私は息子をほめます。

→私は息子にほめてあげます。（×）

→私は息子をほめてあげます。（○）

Tip

「～てもらう」和「～てくれる」的用法差異在於主詞的不同。❷句意和❶相同，只是主詞換成「我」。

▶ 請依下方例句完成句子。

例

あげる

私 → 友達 （英語の 本）

→ 私は 友達に 英語の 本を あげました。

くれる

① 陳さん → 私 （映画の チケット）

→ _____ 。

あげる

② 鈴木さん → 佐藤さん （お菓子）

→ _____ 。

もらう

③ 後輩 → 私 （コーヒーカップ）

→ _____ 。

あげる

④ 新井さん → 田中さん （化粧品）

→ _____ 。

▶ 請依下方例句完成句子。

例

私 → 友達 （あげる）

→ 私は 友達に 傘を 貸して あげました。

傘を 貸します

①

小川さん → チェさん （もらう）

→ _____ 。

漢字を教えます

②

母 → 私 （くれる）

→ _____ 。

弁当を作ります

③

私 → 彼女 （あげる）

→ _____ 。

歌を歌います

96

▶ 請依自己的情況回答下面問題。

① 最近 誰かに 何かを あげましたか。

例 はい、友達に 帽子を あげました。

② 最近 誰かに 何かを もらいましたか。

例 はい、父に 財布を もらいました。

③ 最近 誰かに 何かを して あげましたか。

例 はい、娘に マッサージを して あげました。

④ 最近 誰かに 何かを して もらいましたか。

例 （はい、）母に 私の 好きな 料理を 作って もらい

ました。

▶ 請依照自己情況完成下方會話，或依下方中文說明作答。

A ＿＿＿＿＿さん、お誕生日に 何か プレゼントを もらい
ました か。

B はい、＿＿＿＿＿に ＿＿＿＿＿を もらいました。＿＿＿＿＿
さんは？

A ＿＿＿＿＿が ＿＿＿＿＿を 買って くれました。

B そうですか。ところで、母の日に 何か あげましたか。

A はい、＿＿＿＿＿を あげました。＿＿＿＿＿さんは？

B 私は ＿＿＿＿＿を あげました。

A 李小姐，生日有收到什麼嗎？

B 有的，從我媽媽那收到可愛的水壺。山田先生你呢？

A 我爸爸買包包給我。

B 這樣啊！對了！母親節你有送了什麼嗎？

A 有，我送了項鏈。李小姐你呢？

B 我送了花。

 閲讀練習 .... **Reading**

 032

誕生日（たんじょうび）の プレゼント

　今年（ことし）の 誕生日（たんじょうび）は、家族（かぞく）や 友達（ともだち）から たくさんの ものを もらいました。母（はは）は 化粧品（けしょうひん）を プレゼントして くれました。父（ちち）には アクセサリーを 買（か）って もらいました。兄（あに）は お小遣（こづか）いを くれました。それから 友達（ともだち）は パーティーを して くれました。手作（てづく）りの 料理（りょうり）と ワイン、ケーキで 祝（いわ）って くれました。本当（ほんとう）に うれしかったです。家族（かぞく）や 友達（ともだち）の お誕生日（たんじょうび）には、私（わたし）も いろいろ して あげたいです。

 寫作練習 .... **Writing**

▶ 請參考〔閱讀練習〕，試著寫出你生日時發生過的事。

_____

_____

_____

_____

_____

_____

問題1 （　　　）に なにを いれますか。①・②・③・④から いちばん いい もの
を ひとつ えらんで ください。

1　私は 鈴木(すずき)さんに 本を （　　　）。

① くれました　　　　　　　② もらいました

③ もれました　　　　　　　④ くらいました

2　田中(たなか)さんは 私に ボールペンを （　　　）。

① くれました　　　　　　　② もらいました

③ もれました　　　　　　　④ くらいました

3　私は いもうとに かさを かして （　　　）。

① あげました　② あいました　③ あけました　④ あきました

4　私は 山田(やまだ)さん（　　　）加藤(かとう)さんの 電話番号(でんわばんごう)を 教(おし)えて

もらいました。

① に　　　　　② が　　　　　③ を　　　　　④ の

問題2　＿＿★＿＿ に はいる ものは どれですか。①・②・③・④から いちばん いい
ものを ひとつ えらんで ください。

5　これは 父が ＿＿＿＿ ＿★＿ ＿＿＿＿ ＿＿＿＿ です。

① もの　　　　　　　　　　② くれた

③ プレゼントして　　　　　④ たんじょうびに

コラム

▶ 日本的婚禮平均要花上三小時？費用更高達三至四百萬日圓⁉

　　台灣的婚禮通常會花多久時間呢？二個小時？三個小時？儀式加上婚宴所花的時間似乎與日本不相上下。

　　但是，各位如果去參加日本的婚禮，可能會有與眾不同的感受。光是儀式就分成很多種。有在神社舉行的婚禮「神前式」；在教堂舉行的婚禮「教会式」；在寺院舉行的婚禮「佛前式」；以及不帶有宗教色彩，在賓客見證下舉行的婚禮「人前式」。無論是哪一種婚禮，儀式加上婚宴通常都得花上三個小時左右。如果還要參加「二次会」（續攤）的話，當天除了婚禮之外便不太可能再安排其他行程。

　　為什麼一場婚禮要花上那麼久的時間呢？因為儀式本身就要歷時三十分鐘至一個小時，結束後緊接著參加婚宴，歷經親友致詞、播放影片、祝福信朗讀、賓客表演等各項環節，加起來約莫

教堂婚禮（教会式）

神社婚禮（神前式）

賓客見證婚禮（人前式）　　佛寺婚禮（佛前式）

兩個小時。一般在婚宴進行的同時，便能一邊享用套餐形式的料理。

　　婚宴料理所費不貲，事前準備工作又多，且基本上得為遠道而來的賓客負擔旅費。這樣算下來結婚費用真的相當驚人吧？基本費用就要三、四百萬日圓。若在以華麗婚禮聞名的名古屋舉辦，花超過一千萬日圓也是件稀鬆平常的事。婚禮的花費如此高昂，賓客似乎也得多包一點禮金。雖然並沒有明定要給多少錢，但是至少得包個三萬或五萬日圓，才不會失禮。

　　然而，令人遺憾的是日本的離婚率，約每三對夫婦就有一對離婚，與台灣的離婚率相差無幾。

完成準備工作的婚宴場地

婚宴上提供的套餐料理

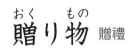

贈り物 贈禮

お土産
伴手禮

プレゼント
禮物

ギフト
贈禮

お歳暮
年終贈禮

お中元
中元贈禮

紀念日
紀念日

お年玉
壓歲錢

お小遣い
零用錢

粗品
（謙遜語）薄禮

記念品
紀念品

ブランド物
名牌商品

手作り 手作；
親手做（物品）

*「お土産」指旅行買回來的禮物或去別人家拜訪時送的禮物。

先生に
ほめられました。

せん せい

被老師稱讚。

point

 033

假名	漢字／原文	中譯
こわしま^す	壊します	弄壞【壊す I】
しかりま^す	叱ります	責備【叱る I】
よびま^す	呼びます	叫【呼ぶ I】
たてま^す	建てます	建【建てる II】
しょうたいします	招待します	邀請【招待する III】
ふりま^す	振ります	甩；拒絕【振る I】
なきま^す	泣きます	哭泣【泣く I】
すてま^す	捨てます	丟掉【捨てる II】
ぬすみま^す	盗みます	偷【盗む I】
ひらきま^す	開きます	開【開く I】
うりま^す	売ります	賣【売る I】
はつめいします	発明します	發明【発明する III】
かみま^す	噛みます	咬【噛む I】
たのみま^す	頼みます	要求，拜托【頼む I】
かいはつします	開発します	開發【開発する III】
たいせつ（な）	大切（な）	重要的
いたずら	悪戯	惡作劇
なまえ	名前	名字
じてんしゃ	自転車	腳踏車
ホテル	hotel	飯店
しょうせつ	小説	小說

さっか	作家	作家
ベル	Bell	貝爾（人名）
てんらんかい	展覧会	展覽會
ぎじゅつ	技術	技術

えらびます	選びます	選【選ぶⅠ】
ゆうしゅうしょう	優秀賞	優秀獎

しゅっぱんします	出版します	出版【出版するⅢ】
おしえます	教えます	教；告訴【教えるⅡ】
ころ	頃	～時候
エッセイ	essay	隨筆
ノルウェイの もり	ノルウェイの森	挪威的森林
なもなきどく	名もなき毒	無名毒

會話 .... Dialogue

 034

山口（やまくち）　黄（こう）さん、うれしそうですね。

黄（こう）　はい。私（わたし）の 絵（え）が 優秀賞（ゆうしゅうしょう）に 選（えら）ばれました。

山口（やまくち）　すごいですね。おめでとうございます！

黄（こう）　ありがとうございます！
来週（らいしゅう）、絵（え）の 展覧会（てんらんかい）が ABCホテルで 開（ひら）かれます。一緒（いっしょ）に 見（み）に 行（い）きませんか。

山口（やまくち）　はい、一緒（いっしょ）に、行（い）きましょう。

035

01　被動形

第 I 類動詞 （五段動詞）	將「-iます」改成「-aれます」。 ・いきます →いかれます　（行く→行かれる） ・のみます →のまれます　（飲む→飲まれる） ・つくります →つくられます（作る→作られる）
第 II 類動詞 （一段動詞）	去掉「ます」後，再加上「られます」。 ・みます →みられます　　（見る→見られる） ・たべます →たべられます　（食べる→食べられる）
第 III 類動詞 （變格動詞）	不規則變化。 ・します →されます　　（する→される） ・きます →こられます　（来る→来られる）

Tip

但是以「-います」的動詞，要改成「-われます」，不能改成「あ」。如：
買います
→買われます（○）
→買あれます（×）

Tip

動詞的「被動形」，皆為第 II 類動詞。

かく（第 I 類動詞）
↓
かかれる（第 II 類動詞）
↓
かかれます

【動詞變化練習】

ます形	分類	被動形	ます形	分類	被動形
言います	1		叱ります	1	
ほめます	2		来ます	3	
壊します	1		書きます	1	
します	3		呼びます	1	
読みます	1		建てます	2	

【例句】

① 私は 母に 叱られました。

② 私は 先生に ほめられました。

 036

02 動詞被動形 　　　　　　　　　　　　基本被動形

>> 母は 私を 叱りました。

→ 私は 母に 叱られました。

【例句】

❶ 弟は いたずらを して 父に 怒られました。

❷ 私は 佐藤さんに パーティーに 招待されました。

❸ 弟は 彼女に ふられて 泣いて います。

 037

03 動詞被動形 　　　　　　　　　　　　所有者的被動形

>> 子供は 私の めがねを 壊しました。

→ 私は 子供に めがねを 壊されました。

【例句】

❶ 私は 母に 大切な 服を 捨てられました。

❷ 佐藤君は 先生に 名前を 呼ばれました。

Tip

「所有物、身體的一部分、相關連的物品」的被動句（如：例句1、2、3），需要更換主詞翻譯，中譯會比較自然。如例句3可翻成「我的腳踏車不知道被誰偷了」，而不是「我不知被誰偷了腳踏車」。

③ 私は 誰かに自転車を 盗まれました。
わたし だれ じてんしゃ ぬす

 038

04 動詞被動形 　　　　　　　　　客觀情況被動形

» 書く → 書かれる
　か　　　か

» 建てる → 建てられる
　た　　　た

【例句】

❶ ホテルで 誕生日パーティーが 開かれま
　　　　　　 たんじょうび　　　　　　　 ひら
す。

❷ 駅前の 店で かわいい 服が 売られて いま
　えきまえ みせ　　　　　　 ふく　う
す。

❸ この 小説は 日本の 作家に よって 書かれ
　　　 しょうせつ にほん さっか　　　　　 か
ました。

❹ あの 図書館は 去年 建てられました。
　　　 としょかん きょねん た

❺ 電話は ベルに よって 発明されました。
　でんわ　　　　　　　　 はつめい

Tip
「誰か」是「疑問詞＋か」，表示「不確定是誰」的意思。

Tip
「～によって」是「根據～，由～」的意思。

Tip
此類形的被動句的中譯，可依中文習慣改為主動文。如「例句3」可以譯為「這部小説是日本作家寫的」。

練習

▶ 請依下方例句完成句子。

例

叱(しか)ります

→ 母(はは)に 叱(しか)られました。

①

招待(しょうたい)します

→ コンサートに ＿＿＿＿＿＿＿＿＿＿＿＿。

②

ほめます

→ 姉(あね)に ＿＿＿＿＿＿＿＿＿＿＿＿＿＿。

③

かみます

→ 犬(いぬ)に 手(て)を ＿＿＿＿＿＿＿＿＿＿＿。

④

頼(たの)みます

→ 新(あたら)しい仕事(しごと)を ＿＿＿＿＿＿＿＿＿＿。

⑤

<ruby>開<rt>ひら</rt></ruby>きます

→ <ruby>展覧会<rt>てんらんかい</rt></ruby>が _____。

⑥

<ruby>食<rt>た</rt></ruby>べます

→ <ruby>弟<rt>おとうと</rt></ruby>に お<ruby>菓子<rt>かし</rt></ruby>を _____。

⑦

<ruby>作<rt>つく</rt></ruby>ります

→ おもしろい <ruby>映画<rt>えいが</rt></ruby>が _____。

⑧

<ruby>開発<rt>かいはつ</rt></ruby>します

→ <ruby>新<rt>あたら</rt></ruby>しい <ruby>技術<rt>ぎじゅつ</rt></ruby>が _____。

▶ 請依下方提問和例句練習回答。

① 最近 どんな ことで ほめられましたか。

例 庭の 掃除を して、母に ほめられました。

② 最近 どんな ことで 叱られましたか。

例 部屋の 掃除を 忘れましたから、母に 叱られました。

③ 何かを 盗まれた ことが ありますか。

例 はい、去年 パソコンを 盗まれました。

▶ 請依照自己情況完成下方會話，或依下方中文說明作答。

A ＿＿＿＿＿さん、うれしそうですね。

B はい。＿＿＿＿＿＿＿＿＿＿＿＿＿＿＿＿＿＿。

A すごいですね。おめでとうございます！

B ありがとうございます！
来週、＿＿＿＿＿＿＿＿＿＿＿＿で 開かれ
ます。一緒に 見に 行きませんか。

A はい、一緒に、行きましょう。

A 黃小姐，妳看起來很開心欸！

B 是啊。我的畫獲選為第一名。

A 太厲害了！恭禧！

B 謝謝！下禮拜畫展會在 ABC 飯店舉行，我們一起去看好嗎？

A 好耶！我們一起去。

039

私_{わたし}の 好_すきな 小説_{しょうせつ}

　私_{わたし}は 高校生_{こうこうせい}の 頃_{ころ}から 本_{ほん}が 大好_{だいす}きです。一週間_{いっしゅうかん}に 2、3 冊_{さつ} 読_よんでいます。

　大学_{だいがく}のとき、好_すきな 小説_{しょうせつ}は 『ノルウェイの森_{もり}』でした。1987年_{ねん}に 村上春樹_{むらかみはるき}によって 書_かかれました。台湾_{たいわん}では 2001年_{ねん}に 出版_{しゅっぱん}されました。村上春樹_{むらかみはるき}は 小説_{しょうせつ}も エッセイ も 書_かいています。

　宮部_{みやべ}みゆきの 小説_{しょうせつ}も 好_すきです。台湾_{たいわん}でも 宮部_{みやべ}みゆきの 小説_{しょうせつ}が たくさん 出版_{しゅっぱん}されました。私_{わたし}が 一番好_{いちばんす}きなのは 『名_なもなき毒_{どく}』です。

　皆_{みな}さん、あなたが 一番_{いちばん} 好_すきな 小説_{しょうせつ}は 何_{なん}ですか。教_{おし}えて ください。

▶ 請參考〔閲讀練習〕練習寫下自己的興趣。

_____

_____

_____

_____

挑戰 JLPT ····························· Actual Practice

問題1 （　　　）に なにを いれますか。①・②・③・④から いちばん いい ものを
ひとつ えらんで ください。

1 この 本は 女性に よく （　　　） いる。

① 読^よんで　　② 読^よみ　　③ 読^よまれて　　④ 読^よみになって

2 友人^{ゆうじん}の お姉^{ねえ}さんの 結婚式^{けっこんしき}に 招待^{しょうたい}（　　　）。

① された　　② しられた　　③ されられた　　④ すられた

3 好きな お菓子^{かし}を 妹^{いもうと}に （　　　）。

① 食べた　　② 食べれた　　③ 食べたかった　　④ 食べられた

4 私は 先生 （　　　） 名前^{なまえ}を 呼^よばれました。

① が　　　　② に　　　　③ で　　　　④ を

問題2 ＿＿★＿＿ に はいる ものは どれですか。①・②・③・④から いちばん いい も
のを ひとつ えらんで ください。

5 昨日^{きのう} 誰^{だれ}か＿＿＿＿ ＿＿＿＿ ＿★＿ ＿＿＿＿ました。

① を　　　② 財布^{さいふ}　　③ 盗^{ぬす}まれ　　④ に

生活字彙 ·················· **Vocabulary**

レジャー施設 休閒遊樂設施

遊園地
遊樂園

テーマパーク
主題遊樂園

動物園
動物園

植物園
植物園

水族館
水族館

博物館
博物館

美術館
美術館

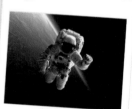

科学館
科學館

展望台
瞭望台

キャンプ場
露營場

スキー場
滑雪場

スケート場
溜冰場

運転させます。

使開車。

point

單字

 040

假名	漢字／原文	中譯
むかえます	迎えます	迎接【迎える Ⅲ】
かよいます	通います	往返【通う Ⅰ】
います	居ます	在、有
はっぴょうします	発表します	發表【発表する Ⅲ】
れんしゅうします	練習します	練習【練習する Ⅲ】
しらべます	調べます	調查【調べる Ⅱ】
たちます	立ちます	站立【立つ Ⅰ】
しゃちょう	社長	總經理；老闆
あさはやく	朝早く	大早
じゅく	塾	補習班
そば	傍	旁邊
クラス	class	班級
ぜんいん	全員	全體成員
いけん	意見	意見
たんご	単語	單詞
バイオリン	violin	小提琴
いみ	意味	意思
せんぱい	先輩	前輩；學長姊
ろうか	廊下	走廊
ロボット	robot	機器人

かいもの	買い物	購物

うまく いきます		順利進行【うまくいく I】
バーベキュー	barbecue	烤肉
だんし	男子	男孩
じょし	女子	女孩

まもります	守ります	遵守；守護【守る I】
うそを つきます	嘘をつきます	說謊
てつだいます	手伝います	幫忙；協助【手伝う I】
しつけ	躾	管教；教養
うそ	嘘	謊言

🎵 041

松本　陳さん、バーベキューの 準備は どうです
　　　か。

陳　　はい、うまく いって いますよ。

松本　車の 運転は 誰が しますか。

陳　　男子学生に 運転 させます。

松本　食べ物は どうしますか。

陳　　女子学生に 買いに 行かせます。

042

01 使役形

第Ⅰ類動詞 （五段動詞）	將「-iます」改成「-aせます」。 ・いきます →いかせます　（行く→行かせる） ・のみます →のませます　（飲む→飲ませる） ・つくります →つくらせます　（作る→作らせる）
第Ⅱ類動詞 （一段動詞）	去掉「ます」後，再加上「させます」。 ・きます →きさせます　（着る→着させる） ・たべます →たべさせます　（食べる→食べさせる）
第Ⅲ類動詞 （變格動詞）	不規則變化。 ・します →させます　（する→させる） ・きます →こさせます　（来る→来させる）

Tip

但是以「-います」的動詞，要改成「-わせます」，不能改成「あ」。如：
買います
→買わせます（○）
→買あせます（×）

Tip

使役形變化後皆成為第Ⅱ類動詞。

かく（第Ⅰ類動詞）
↓
かかせる(第Ⅱ類動詞)
↓
かかせます

【動詞變化練習】

ます形	分類	使役形	ます形	分類	使役形
買います	1		帰ります	1	
食べます	2		来ます	3	
話します	1		働きます	1	
勉強します	3		遊びます	1	
読みます	1		覚えます	2	

【例句】

❶ 先生は 太郎を 25メートル 泳がせる。

❷ 先生は 太郎に 本を 読ませる。

 043

02 動詞使役形 【自動詞】

>> AはBをV（さ）せます

>> 学生が 走ります。（要求者 → 先生）

→先生は 学生を 走らせました。

【例句】

❶ 彼女は私を5時に帰らせました。

❷ 部長は 佐藤さんに 社長を 迎えに 行かせました。

❸ 先生は 学生を 朝早く 学校に 来させました。

❹ 私は友達を1時間も待たせました。

❺ 私は息子を塾に通わせます。

❻ 私を あなたの そばに いさせて ください。

044

03　動詞使役形　　　　　　　　　【他動詞】

» 　AはBにNをV（さ）せます

» 　弟（おとうと）が 英語（えいご）を 勉強（べんきょう）します。（要求者 →母（はは））

→母（はは）は 弟（おとうと）に 英語（えいご）を 勉強（べんきょう）させました。

【例句】

❶ 母（はは）は 妹（いもうと）に 部屋（へや）の 掃除（そうじ）を させました。

❷ 先生（せんせい）は クラス全員（ぜんいん）に 意見（いけん）を 発表（はっぴょう）させました。

❸ 私（わたし）は 去年（きょねん）から 子どもに ピアノを 習（なら）わせています。

❹ 先生（せんせい）は 学生（がくせい）に 単語（たんご）を 覚（おぼ）えさせています。

❺ ここは私（わたし）に払（はら）わせてください。

練習 1 .... Exercise 1

▶ 請依下方例句完成句子。

 例

肉を食べます（母→私）

→ 母は 私に 肉を 食べさせました。

①
バイオリンを練習します（先生→学生）

→ _____。

② 漢字の意味を調べます（先生→太郎）

→ _____。

③ お酒を飲みます（先輩→私）

→ _____。

④
野菜をたくさん食べます（母→私）

→ _____。

練習 2 ·························· Exercise 2

▶ 請依下方例句完成句子。

例

_{ろう か} _た
廊下に立ちます（_{せんせい}先生→_{がくせい}学生）

→_{せんせい}先生は_{がくせい}学生を_{ろう か}廊下に_た立たせました。

①

_{はし}
2キロ走ります（_{せんぱい}先輩→_{こう}黄さん）

→ _____ 。

②

_{じゅく} _{かよ}
塾へ通います（_{わたし}私→_{むす こ}息子）

→ _____ 。

③

_{はたら}
ここで働きます（_{ぶ ちょう}部長→_{さ とう}佐藤さん）

→ _____ 。

④

_{とも} _{あそ}
友だちと遊びます（_{はは}母→_{おとうと}弟）

→ _____ 。

▶ 請依下方提問和例句練習回答。（請使用て形回答）

① あなたは「何_{なん}でも できる ロボット」に 何_{なに}を させます か。

例 ロボットを 買_かい物_{もの}に 行_いかせます。

_____

② 子供_{こども}に、 何_{なに}を させたいですか。

例 ピアノを 習_{なら}わせたいです。

_____

③ 子供_{こども}に どんな人_{ひと}と 結婚_{けっこん}させたいですか。

例 優_{やさ}しい人_{ひと}と 結婚_{けっこん}させたいです。

_____

▶ 請依照自己情況完成下方會話，或依下方中文說明作答。

A _____さん、_____の 準備は どうですか。

B はい、うまく いって いますよ。

A _____は 誰がしますか。

B _____。

A _____は どうしますか。

B _____。

A 陳小姐，烤肉準備得怎麼樣了？

B 嗯！很順利啊！

A 誰要開車？

B 我讓男學生開車。

A 食物要怎麼處理？

B 我讓女學生去買。

🎵 045

ぼく はは
僕の母

僕の母は 厳しい人です。いつも、僕と
妹に「約束を守らなければ ならない」
とか* 「嘘を ついては いけない」と 言いま
す。母は 妹に 小さい 頃から 夕食の 準備
を 手伝わせています。だから 妹は 料理が
上手です。

Tip

「AとかBとか」表示列舉事物。

でも*、母は 僕達に 好きなことも させま
した。子供の ころ、本を たくさん 読ませま
した。運動も させました。僕達に 色々な 経
験を させました。高校のとき、日本へ 旅行
に 行かせました。日本で、歌舞伎を 見まし
た。おいしい 料理も 食べました。とても 良
い経験に なりました。

Tip

「～でも」表示「但是～」的意思。

▶請參考〔閱讀練習〕練習描述你所受的家庭教育。

問題 1 （　　　）に なにを いれますか。①・②・③・④から いちばん いい もの を ひとつ えらんで ください。

1 母は 弟に 買い物に （　　　　）ました。

① 行かれ　　　② 行かられ　　　③ 行かさせ　　④ 行かせ

2 毎日 学生に 運動場を （　　　）ました。

① 走られ　　　② 走れ　　　③ 走らせ　　④ 走り

3 今日は アルバイトを （　　　） ください。

① 休めて　　　② 休めさせて　③ 休まさせて　④ 休ませて

4 先輩は 私（　　　） お酒を 飲ませました。

① が　　　　② に　　　　③ で　　　　④ を

問題 2 ＿＿＿の ぶんと だいたい おなじ いみの ぶんが あります。①・②・③・ ④から いちばん いい ものを ひとつ えらんで ください。

5 課長は 私に 歌を 歌わせました。

① 私は 歌を 歌いました。

② 課長は 私と 歌を 歌いました。

③ 私は 課長に 歌を 歌わせました。

④ 私は 課長に 歌を 歌われました。

132

コラム

▶東京比首爾還冷？

　　日本東京以及韓國首爾，哪裡比較冷呢？有人說「東京比首爾還要冷。」若以最冷的月分一月來做比較，首爾的平均溫度為零下二至三度，東京則為零上五至六度。分明是首爾的溫度比較低，到底為什麼會有人說東京比較冷呢？這就要比較兩國人民的暖氣系統了。

　　韓國的地熱裝置能有效讓整間房屋變暖和。在寒冷的冬天，拜訪韓國人家的人們，都會對韓國的地熱裝置感到神奇。據說只要是到韓國的日本人，都會完全迷上地熱。

　　日本最常使用的暖氣設備為空調的暖氣，但是使用空調的暖氣，需要花時間等房間變暖、電費又高。無論是在效率、或價格層面都不具備優勢，使用上有諸多的不便，所以大多數的家庭會搭配「こたつ」（暖桌）、煤油暖爐等等一起使用。

　　日本的取暖用具「暖桌」，其內部會設置電暖爐或加熱器，桌上則會鋪上暖桌被或毛毯，為日本傳統的保暖家具。家人們會一同聚在放置暖桌的房間裡取暖，熬過冷冽的寒冬。躲進暖桌內，和家人一起剝著橘子，邊吃邊看電視，也象徵著家庭的和睦。以暖桌為中心，在小巧又溫暖的空間傳遞家人之間的情感，便是傳統的日本冬季情景。

暖桌的外觀和內部

　　兩地不同的室內暖氣系統，以及日本不像韓國的公寓陽台設有雙層窗戶，因此難以長時間維持溫度。種種原因應該正是東京（日本）感覺上比首爾（韓國）還要冷的原因吧？

　　不過，兩地的人們來到台灣可能會覺得冬天的台灣更冷！

　　台灣冬天的室內的暖氣系統不多，室內室外都有如冰庫一般冷，無法有如日韓兩地室內的暖和感受。再加上台灣的冬天濕冷，冷冽空氣加上濕氣，那種滲透骨頭的冷，恐怕會讓以為台灣很溫暖的日韓旅人大大吃驚吧！

習い事 <small>なら ごと</small> 學習的才藝

英会話 <small>えいかいわ</small>
英語會語

パソコン
電腦

ピアノ
鋼琴

絵画 <small>かいが</small>
繪畫

書道 <small>しょどう</small>
書法

体操 <small>たいそう</small>
體操

ヨガ
瑜伽

スイミング
游泳

ダンス
舞蹈

バレエ
芭蕾

そろばん
珠算

生け花 <small>いばな</small>
插花

おかけ ください。

請坐。

point

 046

假名	漢字／原文	中譯
いらっしゃいます		在；來；去【いらっしゃるⅠ】
なさいます		做【なさるⅠ】
おっしゃいます		說【おっしゃるⅠ】
くださいます		給我【くださるⅠ】
めしあがります	召し上がります	吃；喝【召し上がるⅠ】
ごらんになります	ご覧になります	看【ご覧になるⅠ】
ならびます	並びます	排隊【並ぶⅠ】
つかまります	掴まります	掌握【つかまるⅠ】
せつめい	説明	說明
ちゅうしゃけん	駐車券	停車券
ごじゆうに	ご自由に	隨意
いちれつ	一列	一排
てすり	手すり	扶手
おこさん	お子さん	您的小孩
ゴルフ	golf	高爾夫球
よく		經常

かけます	掛けます	坐【掛けるⅡ】
わかります	分ります	知道【分るⅠ】
くわしい	詳しい	詳細的
おかまいなく		不要介意；不客氣

まなびます	学びます	學習【学ぶⅠ】
かんしゃします	感謝します	感謝【感謝するⅢ】
すぎます	過ぎます	經過【過ぎるⅡ】
おもいだします	思い出します	想起【思い出すⅠ】
つうじます	通じます	溝通【通じるⅡ】
たのしみにします	楽しみにします	期待【楽しみにするⅢ】
てがみ	手紙	信件
せわ	世話	照顧；幫忙
いろんな	色んな	各式各樣＝いろいろな
はつおん	発音	發音
～ずつ		～個～個；各～
ひょうげん	表現	表達方式
こんど	今度	下次
しょうしょう	少々	稍微

會話 ·················· Dialogue

 047

井上 徐さん、どうぞ おかけ ください。

徐 失礼します。

井上 ここは、すぐに おわかりに なりました
か。

徐 はい、先生が 詳しく 場所を 教えて くだ
さいました。

井上 そうですか。何か お飲み物でも 召し上が
りますか。

徐 いいえ、おかまいなく*。

> **Tip**
> 中文的「坐」在日文中有「座る」和「かける」兩種説法。建議對方坐下時，較常使用「かける」。

> **Tip**
> 「おかまいなく」是「您別為我忙碌張羅」的意思。

048

01 動詞尊敬語 特殊形

	尊敬語	～ます
いる 行く 来る	いらっしゃる	いらっしゃいます
する	なさる	なさいます
言う	おっしゃる	おっしゃいます
くれる	くださる	くださいます
食べる 飲む	召し上がる	召し上がります
見る	ご覧に なる	ご覧に なります

> **Tip**
> 值得留意的是「いらっしゃる」、「なさる」、「おっしゃる」、「くださる」後方加上ます後的變化。

【例句】

❶ 先生は 教室に いらっしゃいます。

❷ 何を 召し上がりますか。

❸ この 映画を ご覧に なりましたか。

❹ 何と おっしゃいましたか。

 049

02 お Vま̶す̶ になる 　　　　尊敬語句型

» 待つ → お待ちに なる

» 使う → お使いに なる

Tip

另外，被動形（ら）れる也可以表達尊敬語用法。

【例句】

❶ 先生は もう お帰りに なりました。

❷ どんな 音楽を お聞きに なりますか。

❸ この 本を お読みに なった ことが ありますか。

 050

03 お Vま̶す̶ ください 　　　請求的尊敬語句型

» 待つ → お待ち ください

» 使う → お使い ください

Tip

動詞為「漢字＋する」時，尊敬語用法為「ご＋N になる」，而非「お＋N になる」。如：

・利用する
→ご利用になる

・説明する
→ご説明になる

【例句】

❶ 説明を お読み ください。

❷ 駐車券を お取り ください。

❸ ご自由に お使い ください。

▶ 請依下方例句完成尊敬語句子。

例

なんじ かえ
何時に 帰りますか。

→ 何時に お帰りに なりますか。

❶ どんな 歌を よく 歌いますか。

→ _____ 。

❷ 昨日 何を 食べましたか。

→ _____ 。

❸ いつ 家に いますか。

→ _____ 。

❹ 最近、映画を 見ましたか。

→ _____ 。

❺ 週末、よく 何を しますか。

→ _____ 。

▶ 請依下方例句完成尊敬語句子。

例

ちょっと、待って ください。

→ 少々、お待ち ください。

①

どうぞ、入って ください。

→ どうぞ、＿＿＿＿＿＿＿＿＿＿＿。

②

これを 使って ください。

→ これを ＿＿＿＿＿＿＿＿＿＿＿。

③

一列に 並んで ください。

→ 一列に＿＿＿＿＿＿＿＿＿＿＿。

④

手すりに つかまって ください。

→ 手すりに ＿＿＿＿＿＿＿＿＿＿＿。

會話練習 .... **Exercise 3**

▶ 請練習將下方提問改成尊敬語用法。

① お子さんが いますか。

　→ _____ 。

② 毎日 テレビを 見ますか。

　→ _____ 。

③ どちらに 住んで いますか。

　→ _____ 。

④ 毎日 コーヒーを 飲みますか。

　→ _____ 。

⑤ バスに 乗って 学校へ 来ますか。

　→ _____ 。

⑥ ゴルフを しますか。

　→ _____ 。

⑦ 本を よく 読みますか。

　→ _____ 。

應用練習 ····· Exercise 4

▶ 請依照自己情況完成下方會話，或依下方中文說明作答。

A ＿＿＿＿さん、どうぞ ＿＿＿＿＿＿＿＿＿ ください。

B 失礼（しつれい）します。

A ここは、すぐに おわかりに なりましたか。

B はい、先生（せんせい）が 場所（ばしょ）を ＿＿＿＿＿＿＿＿＿＿＿ くださいました。

A そうですか。

何（なに）か お飲（の）み物（もの）でも ＿＿＿＿＿＿＿＿＿＿。

B いいえ、おかまいなく。

A 徐先生，您請坐。

B 不好意思，失禮了。

A 這邊您馬上就找到了嗎？

B 是的，老師他很詳細地告訴我地方。

A 這樣啊。您要喝點什麼嗎？

B 不用了，您別客氣。

> **Tip**
>
> 「飲（の）む」的尊敬語為「召（め）し上（あ）がる」和「お飲（の）みになる」，兩種說法都很常使用。「食（た）べる」的尊敬語為「召（め）し上（あ）がる」和「お食（た）べになる」，後者並非錯誤的說法，但是使用前者更為恰當。

閲讀練習 ·· Reading

 051

先生への手紙
（せんせい　てがみ）

　三浦先生（みうらせんせい）、お元気（げんき）で いらっしゃいますか。台湾（たいわん）で、一年間（いちねんかん） たいへん お世話（せわ）に なりました。先生（せんせい）の 日本語（にほんご）の 授業（じゅぎょう）で、色（いろ）んな ことを 学（まな）ぶことが 出来（でき）て、本当（ほんとう）に 感謝（かんしゃ）しています。ありがとう ございました。

　日本（にほん）に 来（き）て もう 3か月（げつ）が 過（す）ぎました。授業（じゅぎょう）は とても 楽（たの）しいです。発音（はつおん）が 悪（わる）くても* 通（つう）じます。毎日（まいにち） 一（ひと）つ ずつ* 新（あたら）しい 表現（ひょうげん）を 覚（おぼ）えています。毎日（まいにち） 楽（たの）しいです。

　先生（せんせい）、今度（こんど）、日本（にほん）に お帰（かえ）りになるときは ご連絡（れんらく）ください。また、お会（あ）いできる* 日（ひ）を 楽（たの）しみに しています。

Tip
「～ても」表示「即使～也～」。

Tip
「數量詞＋～ずつ」表示「均等份量～」。這裡是「一個一個～」的意思。

Tip
「お～できる」是「お～する」的可能形。

寫作練習 ·· Writing

▶ 請參考〔閱讀練習〕練習寫給老師的一封信。

_____

_____

_____

挑戰 JLPT ································· **Actual Practice**

問題1 ＿＿＿の ことばは どう よみますか。①・②・③・④から いちばん いい
ものを ひとつ えらんで ください。

1 先生は コーヒーを 召し上がります。

① めしさがります　　　　② ましさがります

③ めしあがります　　　　④ ましあがります

2 あちらを ご覧ください。

① ごらん　　② ごかん　　③ ごわん　　④ ごなん

問題2 （　　　）に なにを いれますか。①・②・③・④から いちばん いい もの
を ひとつ えらんで ください。

3 お客様、あちらで 少々 （　　　） ください。

① 待ち　　② お待って　　③ お待ち　　④ お待たせ

4 先生は 音楽を （　　　） います。

① お聞いて　　　　② お聞きに して

③ お聞きに なって　　　　④ お聞きに なさって

5 週末、どちらへ （　　　）。

① なさいますか　　　　② くださいますか

③ おっしゃいますか　　　　④ いらっしゃいますか

146

コラム

▶東京 vs 大阪？日本東西文化的戰爭

　　以大阪為中心的「関西」（かんさい）地區，和以東京為中心的「関東」（かんとう）地區總是視彼此為競爭對手。不知道是否因為這個原因，大家在比較日本地區的文化差異時，總會先拿東京和大阪作比較。

　　首先在語言方面，東京和大阪的腔調完全不一樣。只學過東京腔的外國人，初次聽到大阪腔時，可能會誤以為是其他國家的語言而非日文。兩個地區就連使用的單字也有很多的不同。

　　舉例來說，東京會使用「しまう」（收拾）表示「請別人把東西放回原位」，但是大阪會使用「なおす」——在日本，這個字普遍使用的意思為「修理」。當大阪人說「これ なおしといて」（請把它放回去）。東京人聽到這句話的當下，可能會覺得東西又沒有壞掉，是要修理什麼，難以馬上理解。除此之外，還有「ばか」和「あほ」（笨蛋）、「だめ」和「あかん」（不行）、「変な」和「けったいな」（奇怪的）等數不完的例子。

　　以食物來說，一般提到「肉」（にく），在東京指的是豬肉，在大阪則是指牛肉。因此，製作日本代表性的家常料理「肉じゃが（馬鈴薯燉肉）」時，東京會使用豬肉，大阪則會使用牛肉。年糕的形狀也不一樣，東京為方形、大阪為圓形。烏龍麵或拉麵的湯頭顏色也有差異，尤其當關西人看到顏色濃郁的東京湯頭時，經常會感到訝異。

　　在性格方面，東京人會對於買到昂貴品質佳的東西感到自豪。但是大阪人反而是以用便宜的價格買到好東西為傲。

　　如前面所述，今天日本的某個地方，可能也正在上演文化之戰。各位不妨前往東京和大阪，親身感受一下兩個地區的文化差異。

osaka

ビジネス 商務

きゅうりょう
給料
薪水

ボーナス
獎金

じ む しょ
事務所
辦公室

じょう し
上司
上司

ぶ か
部下
部下

どうりょう
同僚
同事

かい ぎ
会議
會議

しゅっちょう
出張
出差

とりひきさき
取引先 往來合作
公司／客戶端

けいやく
契約
合約

めい し
名刺
名片

きゅう か
休暇
休假

お持ちしましょうか。
も

我來拿好嗎？

point

 單字

假名	漢字／原文	中譯
おります		在【おるⅠ】
まいります	参ります	去；來【参るⅠ】
いたします	致します	做【いたすⅠ】
もうします	申します	說【申すⅠ】
いただきます	頂きます	吃，喝，受到【いただくⅠ】
はいけんします	拝見します	看【拝見するⅢ】
ぞんじます	存じます	知道【存じるⅡ】
うかがいます	伺います	問；聽到；拜訪【伺うⅠ】
おくります	送ります	送【送るⅠ】
しはらいます	支払います	付費【支払うⅠ】
あずかります	預かります	收；保管【預かるⅠ】
ろんぶん	論文	論文
じゅうしょ	住所	地址
れんらく	連絡	聯絡
りよう	利用	利用
あんない	案内	引領、導覽、帶路
さっき		剛才
さきほど	先ほど	剛才（禮貌形）
あとで	後で	之後
のちほど	後ほど	之後（禮貌形）
おたく	お宅	府上

しつもん	質問	問題
すぐに		馬上
おもい	重い	重的

もうしあげます	申しあげます	說【申しあげるⅡ】
のりかえます	乗り換えます	換車【乗り換えるⅡ】
アナウンス	announce	廣播
ほんじつ	本日	今天
らいてん	来店	光臨本店
まことに	誠に	非常；實在
おきゃくさま	お客様	客人
ただいま	ただ今	現在
ギフトコーナー	gift corner	禮品區
クリスマス	Christmas	聖誕節
イベント	event	活動
かいさい	開催	舉辦
らいじょう	来場	到場
まもなく		快要
〜ゆき	〜行き	往〜
はくせん	白線	白線
うちがわ	内側	裏面
パスポート	pass port	護照
きたせんじゅ	北千住	北千住
おおてまち	大手町	大手町
とえいせん	都営線	都営線

🎵 053

木村　黄さんですね。はじめまして。木村と 申します。

黄　あ、木村さんですか。はじめまして。

木村　ホテルまで お送り します。

黄　ありがとうございます。よろしく お願い いたします。

木村　そちらの 荷物、重そうですね。お持ち しましょうか。

黄　すみません。

054

01 動詞謙讓語　　　　　　　　　　　　　　特殊形

	謙讓語動詞	〜ます
いる	おる	おります
行く	参る	参ります
来る		
する	いたす	いたします
言う	申す	申します
食べる		
飲む	いただく	いただきます
もらう		
見る	拝見する	拝見します
知る	存じる	存じます
聞く	伺う	伺います
訪問する		

【例句】

❶ 木村と 申します。

❷ 韓国から 参りました。

❸ ちょっと 伺いたい ことが あります。

❹ 先生の 論文を 拝見しました。

 055

02 お【ます形】する　　　　　　　　　　謙讓語句型

>> 会^あう　→　お会^あい　する

>> 話^{はな}す　→　お話^{はな}し　する

【例句】

① 駅^{えき}まで お送^{おく}り します。

② タクシーを お呼^よび しましょうか。

③ すぐに お調^{しら}べ します。

④ 私^{わたし}が お支払^{しはら}い いたします。

⑤ 1万円^{まんえん} お預^{あず}かり いたします。

Tip

很多時候會使用「する」的謙讓語「いたす」代替「する」。

如：

お話し します

→ お話し いたします

Tip

「預かる」是「收下他人的物品，暫時代為保管」的意思。「預ける」則是「物品，請他人暫時代為保管」的意思。

056

03　其他敬語用法

▶ 03-1　お / ご＋名詞

お＋和語詞彙	お金、お酒、お祭り、お水、お名前、お店……
ご＋漢語詞彙	ご住所、ご連絡、ご利用、ご結婚、ご案内、ご紹介…
例外	お電話、お掃除、お食事、お茶、お時間、お元気…

Tip

在單字前方加上「お」或「ご」，帶有尊敬之意。一般情況下，和語詞彙前方會加上「お」；漢語詞彙前方會加上「ご」，但也有少數屬於例外。

▶ 03-2　禮貌表現

さっき	さきほど	どうですか	いかがですか
後で	後ほど	いいですか	よろしいですか
ここ	こちら	家	お宅
どこ	どちら	誰	どなた, どちら様
あります	ございます	～です	～で ございます

【例句】

❶ 後ほど ご連絡 します。

❷ お食事は いかがでしたか。

❸ お宅に 伺っても よろしいでしょうか。

❹ ご質問は ございませんか。

練習 .... Exercise 1

▶ 請依下方例句完成句子。

例

持つ

重い です。

→ <u>お持ち しましょうか</u>。

①
書く

書けません。

→ _____。

② 取る

取れません。

→ _____。

③ 送る

駅まで 行きます。

→ _____。

④ 貸す

傘を 忘れました。

→ _____。

▶ 請依下方例句完成句子。

① お名前は 何と おっしゃいますか。

例 山田と 申します。

② いつ 台北に いらっしゃいましたか。

例 去年、台北に 参りました。

③ ○○先生を ご存じですか。*

例 はい、存じて います。

Tip
「ご存じです」是
「知道」的意思。是
尊敬語「ご V ̶ま̶す̶＋
です」句型的用法。

④ どちらに 住んで いらっしゃいますか。

例 東京に 住んで おります。

▶請依照自己情況完成下方會話，或依下方中文說明作答。

A ＿＿＿＿＿さんですね。はじめまして。＿＿＿＿＿と
申(もう)します。

B あ、＿＿＿＿＿さんですか。はじめまして。

A ＿＿＿＿＿まで お送(おく)り します。

B ありがとうございます。よろしく お願(ねが)い いたしま
す。

A ＿＿＿＿＿、重(おも)そうですね。お持(も)ち しましょうか。

B すみません。

A 您是黃小姐吧？初次見面，我是木村。

B 啊，木村先生嗎？初次見面。

A 我送您去飯店。

B 謝謝，麻煩您了。

A 那行李好像很重。我來拿好嗎？

B 不好意思（謝謝）。

閲讀練習 .... Reading

 057

デパートでの アナウンス

　本日も ABCデパートに ご来店 いただきまして、誠に あ
りがとうございます。お客様に ご案内 申しあげます。た
だ今、5階の ギフトコーナーで、クリスマスの イベント
を 開催中で ございます。どうぞ ご来場 ください。

地下鉄での アナウンス

　まもなく、北千住行きの 電車が 参ります。白線の 内側
まで 下がって お待ち ください。

　次は 大手町で ございます。都営線に お乗り換えの お客
様は こちらの 駅で お乗り換え ください。

▶請參考〔閱讀練習〕，並在 YouTube 上搜尋「アナウンス」，練習寫下你聽到的內容。

_____

_____

_____

_____

_____

_____

_____

_____

_____

_____

_____

_____

_____

_____

_____

_____

_____

_____

問題1 ＿＿＿ の ことばは どう よみますか。①・②・③・④から いちばん いい
もの を ひとつ えらんで ください。

1 パスポートを 拝見します。

　　① はいみ　　　② はいけん　　③ ばいみ　　　④ ばいけん

2 木村先生を 存じて おります。

　　① ざい　　　　② さい　　　　③ そん　　　　④ ぞん

問題2 (　　　)に なにを いれますか。①・②・③・④から いちばん いい もの
を ひとつ えらんで ください。

3 後ほど（　　　）いたします

　　① お電話　　　② ご電話　　③ ご電話に　④ お電話に

4 明日、先生の お宅へ（　　　）。

　　① いたします　　　　　　② いただきます

　　③ もうします　　　　　　④ うかがいます

挑戰 JLPT ·································· **Actual Practice**

問題3 ＿＿＿ の ぶんと だいたい おなじ いみの ぶんが あります。①・②・③・④から いちばん いい ものを ひとつ えらんで ください。

5 明日、そちらの お店に 参ります。

① 明日、そちらの お店に 申します。

② 明日、そちらの お店に おっしゃいます。

③ 明日、そちらの お店に うかがいます。

④ 明日、そちらの お店に いらっしゃいます。

162

テレビ 電視

番組
ばんぐみ
電視節目

コマーシャル／
CM 廣告

スポンサー
廣告商

チャンネル
頻道

ドラマ
電視連續劇

ニュース
新聞

バラエティー
綜藝節目

ワイドショー
脱口秀

スポーツ中継
ちゅうけい
運動比賽轉播

クイズ
益智節目

ドキュメンタリー
記録片

速報
そくほう
快報

附錄

中文翻譯

Lesson 21

■ 會話　P. 12

中村 ：林小姐，妳會什麼樂器呢？
林　 ：我會彈一點鋼琴。小時候我有學。
中村 ：這樣啊！我會彈吉他和貝斯。
林　 ：中村你會做菜嗎？
中村 ：會，我會。日本料理大概都會做。
林　 ：這樣啊！我只會煮拉麵。

■ 學習重點

01　1. 我會說英文及西班牙文。
　　2. 這本雜誌在韓國買不到。
　　3. 下禮拜二，10 點之前你可以過來嗎？
　　4. 年輕的時候，我可以游 100 公尺。
02　1. 這座公園可以打棒球。
　　2. 在日本，未滿二十歲者不可以吸菸。
　　3. 這個智慧型手機在日本也可以用嗎？
　　4. 來日本之前，我不會說日文。

■ 閱讀練習　P. 19

擅長的事

　我學校的功課讀得不太好，但是我因為喜歡外文，所以十分努力地學習。因此會說一點日文，文法雖然難，但是我喜歡。我不太寫得出來，但是讀得懂。

　另外，我很擅長電腦。基本的軟體大概都會使用，我會用各式電腦語言寫電腦程式，也會組裝電腦。

Lesson 22

■ 會話　P. 26

吳　 ：下課後，要不要去唱卡拉 OK ？
加藤：好像不錯！不過今天我得去醫院。
吳　 ：明天呢？
加藤：不好意思，明天我得不睡覺打工到天亮。
吳　 ：後天呢？
加藤：不好意思，後天我得回家打掃。
吳　 ：那，就下次吧！

■ 學習重點

01
　1. 不要忘了回家功課。
　2. 下禮拜，請不要遲到。
　3. 這裡請不要吸菸。
02　》喝咖啡不加糖。
　1. 我每天沒吃早餐就去上學。
　2. 我可以不看歌詞唱這首歌。
　3. 昨天我沒開冷氣睡覺。
03
　》不上大學去工作。
　1. 今天我沒去上學，在家唸書。
　2. 我沒搭公車，走路去車站。
　3. 他不工作，在遊玩。
　4. 我昨天沒出門，在家休息。
04　》不去不行。（得去）
　　》不吃不行。（得吃）
　　》不做不行。（得做）
　1. 明天我得早起。
　2. 今天我得讀這本書。
　3. 星期四我得工作到 10 點。

■ 閱讀練習　P. 34

非做不可的事

　　明天是忙碌的一天。課從 9 點開始，所以我得 6 點起床，然後 7 點得搭上公車。從家裡到學校要花 1 個半小時左右。

　　中午我有約，要跟朋友一起去吃飯，之後我要回家準備晚餐。我媽媽總是很晚，所以我得做飯。晚上我要唸書。因為考試到了，我得唸書才行。

Lesson 23

■ 會話　P. 42

清水　：林先生，你精神不好欸。
林　　：有點發燒。
清水　：感冒？
林　　：昨天我打工時一直待在外面。
清水　：去醫院了嗎？
林　　：不，還沒。我現在去。

■ 學習重點

01　1. A：要不要吃這個？
　　　　 B：嗯，我要吃。
　　2. A：昨天看了電影嗎？
　　　　 B：不，沒看。
　　3. A：田中的房間乾淨嗎？
　　　　 B：不，很髒。
　　4. A：你就是班長？
　　　　 B：不，不是我。
02　1. A：怎麼了？
　　　　 B：我肚子痛。
　　2. A：為什麼不吃？
　　　　 B：我沒時間。
　　3. A：要不要喝一杯？
　　　　 B：不好意思，我才 19 歲。

4. A：要吃飯嗎？
　 B：不好意思，我等一下有約。
5. A：你房間好乾淨
　 B：我喜歡打掃。

■ 閱讀練習　P. 50

日記

　　今天和青山他們去吃飯。大家一起開車去，場所就在車站附近的歐式自助餐餐廳。

　　這家店有很多蔬菜，我很久沒能吃這麼多蔬菜了，很開心。餐後點心也很不錯。冰淇淋有四種，咖啡也很好喝。

　　大家聊了很多有趣的事，特別是鈴木的女朋友的事。我也好想早點交女朋友。

Lesson 24

■ 會話　P. 58

加藤　：看來快要下雨了欸！
陳　　：是啊！可是氣象預報說今天是晴天。
加藤　：那就太好了！那麼今天要不要去海邊呢？
陳　　：好耶！說起來，今天聽說有海洋祭。
加藤　：喔？好像很好玩。
陳　　：晚上聽說也有煙火大會。

■ 學習重點

01　1. 天氣預報說明天是晴天。
　　2. 聽說北海道現在在下雪。
　　3. 聽說他考試通過了。
　　4. 聽說爸爸現在工作很忙。
　　5. 姐姐的大學課程聽說很辛苦。

6. 聽說她是英國人。

02　1. 眼看就要下雨了。
　　2. 看來似乎他就要得第一名了。
　　3. 這個蛋糕看起來很好吃。
　　4. 新的老師似乎很親切。
　　5. 那個人看起來似乎很聰明。

■ 閱讀練習　P. 68

江戶時代的生活

　　江戶時代的日本生活與現在截然不同。飲食也據說是不吃肉，魚是從以前就有攝取的。

　　另外，以前沒有電車或是飛機，所以旅行是徒步旅行，這很花時間，似乎辛苦。

　　還有，據說江戶時代結婚的女性要將牙齒塗黑，眉毛也要全部剃光。跟現在的化妝差異很大。

Lesson 25

■ 會話　P. 76

佐藤：張小姐，你哥哥有女朋友嗎？
張：好像有。
佐藤：是什麼樣的女生？
張：據我哥哥說，她溫柔婉約，有如天使一般。
佐藤：你見過她嗎？
張：不，沒有。我想見見她。

■ 學習重點

01　1. 房間裡好像有蚊子。
　　2. 外面好像在下雨。
　　3. 那二人好像吵架了。
　　4. 這間店的蛋糕好像很好吃！
　　5. 他好像喜歡吃日本食物。
　　6. 看來這好像是真品。

02　1. A：好強的風啊！
　　　　 B：是啊，宛如暴風雨一般。
　　2. A：鈴木同學個子好高啊！
　　　　 B：是啊，宛如模特兒一般。
　　3. A：佐藤又美又溫柔！

　　　　 B：是啊，宛如天使一般。

■ 閱讀練習　P. 84

我家的貓

　　我家養了一隻叫「小玉」的貓。小玉很聰明，會用腳開房間的門。那對牠好像不會太難。小玉好像喜歡玩球，會用球玩遊戲。非常可愛。

　　小玉每天都跟我媽媽睡覺，她們感情很好宛如母女一般。也會一起散步，宛如小狗一般。

　　小玉已經 12 歲了，最近一直都在睡覺。好像老太太一樣。

　　小玉！今後也要跟全家人健康地一起生活喔！

Lesson 26

■ 會話　P. 92

山田：李小姐，生日有收到什麼嗎？
李：有的，從我媽媽那收到可愛的水壺。山田先生你呢？
山田：我爸爸買包包給我。
李：這樣啊！對了！母親節你有送了什麼嗎？
山田：有， 我送了項鏈。李小姐你呢？
李：我送了花。

■ 學習重點

01　》我給山田花。
　　》我由鈴木先生那得到書。
　　》鈴木給我書。
　　1. 我給女兒可愛的帽子。
　　2. 我由佐藤先生那得到禮物。
　　3. 鈴木給我昂貴的錶。

02　》我買花給我妹妹。
　　》我請山田買書給我。
　　》山田買書給我。
　　1. 我稱讚兒子。
　　2. 鈴木介紹朋友給我。
　　3. 我得到鈴木的幫忙。

■ 閱讀練習　P. 100

生日禮物

今年的生日，我收到家人及朋友許多的禮物。媽媽給我化妝品；請爸爸買飾品給我；哥哥給我零用錢。然後朋友還為我辦派對，用親手做的菜，以及美酒、蛋糕為我慶祝，真的很開心！家人及朋友過生日時，我也要為他們做很多事！

Lesson 27

■ 會話　P. 108

山口　：黃小姐，妳看起來很開心欸！
黃　　：是啊。我的畫獲選為第一名。
山口　：太厲害了！恭禧！
黃　　：謝謝！下禮拜畫展會在 ABC 飯店舉行，我們一起去看好嗎？
山口　：好耶！我們一起去。

■ 學習重點

01　1. 我被母親罵。
　　2. 我被老師稱讚。
02　1. 弟弟惡作劇被爸爸罵。
　　2. 我被佐藤招待去派對。
　　3. 弟弟因為被女朋友甩了而在哭。
03　1. 我珍視的衣服被媽媽丟了。
　　2. 佐藤被老師叫到名字。
　　3. 我的腳踏車不知被誰偷了。
04　1. 在飯店開生日派對。
　　2. 車站前的店有賣可愛的衣服。
　　3. 這本小説是日本作家寫的。
　　4. 這間圖書館是去年蓋的。
　　5. 電話是貝爾發明的。

■ 閱讀練習　P. 116

我喜歡的小説

從高中開始我就非常喜歡看書。一個禮拜要看 2、3 本。大學時我喜歡《挪威的森林》，那是 1987 年由村上村樹所寫的。台灣是在 2001 年出版。

我也喜歡宮部美幸的小説。台灣出版了許多宮部美幸的小説，我最喜歡的是《無名毒》。

各位，你最喜歡的小説是哪一本呢？請告訴我！

Lesson 28

■ 會話　P. 122

松本：陳小姐，烤肉準備得怎麼樣了？
陳　：嗯！很順利啊！
松本：誰要開車？
陳　：我讓男學生開車。
松本：食物要怎麼處理？
陳　：我讓女學生去買。

■ 學習重點

01　1. 老師讓太郎游 25 公尺。
　　2. 老師叫太郎看書。
02　》老師要學生跑步。
　　1. 她要我 5 點回家。
　　2. 部長要佐藤先生去接社長。
　　3. 老師要學生早上早些來學校。
　　4. 我讓我朋友等了 1 小時。
　　5. 我讓我兒子去上補習班。
　　6. 請讓我待在你身邊。
03　》媽媽要弟弟學英文。
　　1. 媽媽要妹妹打掃房間。
　　2. 老師要全班發表意見。
　　3. 我從去年開始就讓小朋友學鋼琴。
　　4. 老師讓學生背單字。
　　5. 這個請讓我來付錢。

■ 閱讀練習　P. 130

我的母親

我母親是嚴格的人，總是説「要遵守約定」、「不可以説謊」。媽媽從小就要妹妹幫忙準備晚餐，所以妹妹很會做菜。

但是，我母親也會讓我們做我們喜歡的事。小時候讓我們看很多書，也讓我們做運動，讓我們體驗各式經驗。高中的時候，她讓我們去日本旅行。我們在日本看了歌舞伎，吃了好吃的料理。這是很棒的經驗！

Lesson 29

■ 會話　P. 138

井上：徐先生，您請坐。
徐　：不好意思，失禮了。
井上：這邊您馬上就找到了嗎？
徐　：是的，老師他很詳細地告訴我地方。
井上：這樣啊。您要喝點什麼嗎？
徐　：不用了，您別客氣。

■ 學習重點

01　1. 老師在教室。
　　2. 您要吃什麼？
　　3. 您看了這部電影嗎？
　　4. 您說了什麼呢？
02　1. 老師已經回去了。
　　2. 您要聽什麼音樂呢？
　　3. 您看過這本書嗎？
03　1. 請閱讀說明書。
　　2. 請取停車券。
　　3. 請隨意使用。

■ 閱讀練習　P. 145

給老師的一封信

　三浦老師，您好嗎？在台灣的一年間，承蒙您多方照顧了。在老師的日文課裡，我學了許多東西，真是感謝您。謝謝您！

　我來到日本已經過了 3 個月，課程很愉快！我發音不好但也可以溝通，每天都在一點一點學新的表達方式。每天都很開心。

　老師，您下次要回日本時，要跟我連絡喔！期待再相見的一天。

Lesson 30

■ 會話　P. 152

木村：您是黃小姐吧？初次見面，我是木村。
黃　：啊，木村先生嗎？初次見面。
木村：我送您去飯店。
黃　：謝謝，麻煩您了。
木村：那行李好像很重。我來拿好嗎？
黃　：不好意思（謝謝）。

■ 學習重點

01　1. 我是木村。
　　2. 我從韓國來的。
　　3. 我想請問您。
　　4. 我拜讀了老師論文。
02　1. 我送您去車站。
　　2. 我來叫計程車好嗎？
　　3. 我馬上調查。
　　4. 我來付。
　　5. 收您 1 萬元。
03　1. 稍後與您連絡。
　　2. 餐點如何？
　　3. 我到您府上拜訪好嗎？
　　4. 您有疑問嗎？

■ 閱讀練習　P. 159

百貨公司廣播

　感謝各位今日光臨 ABC 飯店。向各位報告，目前在 5 樓的禮品櫃正在舉辦聖誕節的活動，請大家踴躍參加。

地下鐵廣播

　往北千住方向的列車即將進站，請各位站在白線內等候。下一站是大手町站，要換乘都營線的旅客，請在本站換車。

解答

Lesson 21 P. 15

■ 練習1
❶ 話せます／話すこと
❷ 使えます／使うこと
❸ 乗れます／乗ること
❹ 教えられます／教えること

■ 練習2
❶ はい、運転ができます。
　 いいえ、運転ができません。
❷ はい、食べられます。
　 いいえ、食べられません。
❸ はい、寝られます。
　 いいえ、寝られません。
❹ はい、できます。
　 いいえ、できません。

■ 挑戦 JLPT!
❶ 2　❷ 4　❸ 2　❹ 3　❺ 3

Lesson 22 P. 30

■ 練習1
❶ 乗って／乗らないで
❷ 切って／切らないで
❸ 入れて／入れないで
❹ シャワーを浴びて／
　 シャワーを浴びないで

■ 練習2
❶ 授業を受けないと
❷ 病院へ行かないと
❸ お金を払わないと
❹ 課題をしないと

■ 挑戦 JLPT!
❶ 2　❷ 4　❸ 1　❹ 3　❺ 2

Lesson 23 P. 46

■ 練習1
❶ 忙しい／忙しくない
❷ 好き／好きじゃない
❸ いる／いない
❹ 行った／行かなかった

■ 練習2
❶ プレゼントをもらったんです。
❷ 明日は休みなんです。
❸ 映画が面白くなかったんです。
❹ 風邪をひいたんです。

■ 挑戦 JLPT!
❶ 1　❷ 3　❸ 4　❹ 2　❺ 1

Lesson 24 P. 63

■ 練習1
❶ あの先生は英語を教えているそうです。
❷ 部長は出張に行ったそうです。
❸ 車がほしいそうです。
❹ 彼女はとてもきれいだそうです。
❺ お兄さんは医者だそうです。

■ 練習2
❶ 転びそうです。
❷ お金がなさそうです。
❸ 幸せそうです
❹ ボールが当りそうです
❺ 頭がよさそうです。

■ 挑戰 JLPT!

❶ 1 　❷ 3 　❸ 2 　❹ 4 　❺ 4

Lesson 25　P. 80

■ 練習 1

❶ 落ちたみたいです
　落ちたようです。
❷ 嫌いみたいです
　嫌いなようです。
❸ 痛いみたいです
　痛いようです。
❹ 留守みたいです
　留守のようです。
　いないみたいです
　いないようです。

■ 練習 2

❶ まるで薬のようです。
　まるで薬みたいです。
❷ まるで猫のようです。
　まるで猫みたいです
❸ まるで絵のようです。
　まるで絵みたいです。
❹ まるで姉妹のようです。
　まるで姉妹みたいです

■ 挑戰 JLPT!

❶ 2 　❷ 1 　❸ 3 　❹ 4 　❺ 4

Lesson 26　P. 95

■ 練習 1

❶ 陳さんは私に映画のチケットをくれました。
❷ 鈴木さんは佐藤さんにお菓子をあげました。
❸ 私は後輩にコーヒーカップをもらいました。
❹ 新井さんは田中さんに化粧品をあげました。

■ 練習 2

❶ チェさんは小川さんに漢字を教えてもらいました。
❷ 母は私に弁当を作ってくれました。
❸ 私は彼女に歌を歌ってあげました。

■ 挑戰 JLPT!

❶ 2 　❷ 1 　❸ 1 　❹ 1 　❺ 3

Lesson 27　P. 112

■ 練習

❶ 招待されました
❷ ほめられました
❸ かまれました
❹ 頼まれました
❺ 開かれました
❻ 食べられました
❼ 作られました
❽ 開発されました

■ 挑戰 JLPT!

❶ 3 　❷ 1 　❸ 4 　❹ 2 　❺ 1

Lesson 28　P. 126

■ 練習 1

❶ 先生は学生にバイオリンを練習させました。
❷ 先生は太郎に漢字の意味を調べさせました。
❸ 先輩は私にお酒を飲ませました。
❹ 母は私に野菜をたくさん食べさせました。

■ 練習 2

❶ 先輩は黄さんを2キロ走らせました。
❷ 私は息子を塾へ通わせました。
❸ 部長は佐藤さんをここで働かせました。
❹ 母は弟を友たちと公園で遊ばせました。

■ 挑戰 JLPT!
① 4　② 3　③ 4　④ 2　⑤ 1

Lesson 29　P. 141

■ 練習 1
① どんな歌をよくお歌いになりますか。
② 昨日、何を召し上がりましたか。
③ いつ、家にいらっしゃいますか。
④ 最近、映画をご覧になりましたか。
⑤ 週末、よく何をなさいますか。

■ 練習 2
① お入りください
② お使いください
③ お並びください
④ おつかみください

■ 會話練習
① お子さんがいらっしゃいますか。
② 毎日テレビをご覧になりますか。
③ どちらに住んでいらっしゃいますか。
④ 毎日コーヒーを召し上がりますか。
⑤ バスに乗って学校へいらっしゃいますか。
⑥ ゴルフをなさいますか。
⑦ 本をよくお読みになりますか。

■ 挑戰 JLPT!
① 3　② 1　③ 3　④ 3　⑤ 4

Lesson 30　P. 156

■ 練習
① お書きしましょうか
② お取りしましょうか
③ お送りしましょうか
④ お貸ししましょうか

■ 挑戰 JLPT!
① 2　② 4　③ 1　④ 4　⑤ 3

單字索引

た

な